U0133090

The Whale Rider

骑鲸人

[新西兰]威提·依希马埃拉 著

郭南燕 译

上海人民出版社

此书奉献给世界上最善良的女孩子捷西卡·可里和奥利维亚·阿塔。

此小说的舞台是设定在新西兰东海岸的泛歌拉,当地居民的祖先是派克阿。但小说中的人物和故事都是虚构,与泛歌拉居民并无关系。

我把我的爱情献给泛歌拉及派克阿的后裔。

感谢朱莉娅·基蓝、卡罗琳·哈朴和荷基阿·帕拉塔对我提出的意见和帮助。

目

录

中文版序言

愿寂静波及四方，

海水如绿岩闪光，

愿微火不断飞舞，

把你的小道照亮。

《骑鲸人》的故事发生在新西兰——地球下端的岛国。其舞台设置在泛歌拉，一个真实的地方。那里的居民相信自己的祖先是派克阿，他是骑着鲸鱼来到新西兰的。

但是，《骑鲸人》不是一个古老的故事，而是关于现今的状况，描述人们如何从传统文化中成长起来，如何面对新的挑战，即新的生活方式在取代旧的过程中，新的领路人出其不意地登场。

此小说的主人公是一个女孩，她必须完成她的使命。在走向目的地的途中，她不得不向传统观念挑战。这是所有青年人都倾向于做的事。我希望中国的年轻女子和男子(包括他们的父母及祖父母)能够欣赏这个故事。尽管这小说来自远离中国的天涯海角，但其内容是包括我们所有人都面临着的问题。

　　我向真诚的中国人民表示敬意，也代表泛歌拉居民问候你们。

威提·依希马埃拉

2003 年 9 月

于新西兰奥克兰大学

序幕　天人卡呼提阿的到来

1

　　在古老的日子里，在流逝的岁月间，大地和海洋沉浸在巨大的空旷和渴望之中。山岳如同通向天堂的阶梯，葱翠的森林仿佛是多色的浮动斗篷。灿烂的天空呈现出漩涡状的风云，有时映出七色彩虹，有时反射出南极之光。海水变幻无常，波光粼粼，水天相接，融为一体。这里是世界底部的井口，如果一直往下看，你将瞥见永恒的尽头。

　　这并不意味着大地和天空中没有生命和朝气。带有第三眼的古生物蜥蜴便是一个岗哨，在炎炎赤日下目不转睛地眺望东方，静静等候。无翼的恐鸟结成巨大队群，横贯南岛，吃草漫游。在温暖的雨林腹部，无翼的几维鸟、短翼秧鸡和其他的一些鸟儿遍地寻找甲壳虫之类的昆虫。森林中充满着树叶的摩擦声和枝丫的伸展声、知了的会话声、鱼儿拥挤在溪流中的低语声。有时，森林会突然变得静悄悄，湿润的树丛中传来小精灵的纤细笑声，像手指飞快地掠过琴键。

海洋中也住满了鱼儿，它们都好像在等待着什么。耀眼的鱼群在水中游动，就像金粉般的雨珠穿透海底绿岩的深处。大白鲨放牧着遍罗鱼、梭子鱼、鲑鱼、拓木热鱼、鸡鱼和鲷鱼。有时，远处可看见白色物体滑驰而去，那是尾巴带刺的毒鳐鱼在水中遨游。

等待着。等待着播种。等待着赠予。等待着天赐之物的到来。

突然，鱼儿抬起头，穿过水面看到来自东方的独木舟的暗色腹部。第一批祖先从远离地平线的岛屿王国来到了。不久，独木舟又返回了东方，在光滑的水面上划出了长条的裂缝。大地和海洋爆发出了欢呼声：

我们被发现了！
这消息会传到祖先之地，
天赐之物不久将来临。

在长期盼望的岁月中，大地和海洋急迫地希望结束这渴求的痛楚。森林随着东风散发出甜蜜的芬香，把原产圣诞树的花冠置于东流的海浪之上。海水不时闪烁，飞鱼高高跳出水面，眺望地平线的彼方，试图首先宣布天赐之物的到来。在浅滩处，海马跳跃着，想看个究竟。只有精灵们不心甘情愿，姗姗退回到耀眼的瀑布中，留下银色的笑声。

日升日落，日复一日……一天正午，地平线上的第一个泡沫被发现了。从海底的绿岩深处，上升出暗色的影子，一个令人敬畏的巨大海兽冲破海面，向天空猛掷身体，然后落回海中。海水中，发出沉闷的、雷霆般的隆隆声，如同打开一扇通向远方的宏门，海洋和大地都因巨兽的落下而颤抖。

霎那间，海中回响起庄严的歌声，那是大海奉献给大地的永恒之歌：

您呼唤了我……

我来了……

带着神灵们的礼物……

那暗色的影子又继续上升了……这是一条巨鲸，海中猛兽。当它冲出海面时，一条飞鱼也狂喜地跳出水面，瞧见海水和空气因那显贵的巨兽而盘旋，如雷鸣一般涌出。飞鱼明白时机已到。它又看到巨兽前额上有一个神圣标记——漩涡形刻印。

飞鱼又好奇地看到，当鲸鱼冲向上空时，有一个男子跨坐在其头部。海水从骑鲸人身边奔流而去，他张开嘴猛吸一口凉气。他双眼闪耀着雄伟的神色,身体放射出宝石的光芒。在巨兽身上,他显得像一个渺小的文身花纹,深褐色,光灿灿,挺直上身,似乎正用尽全身力气,将鲸鱼拽向天空。

上升,又上升。鲸鱼的自我推动使他感到了巨大的力量。骑鲸人看到了远方的大地——找到了,他终于找到了长年寻求的土地!

在通向大地的壮观旅途中,他向大海和大地投掷出具有赋予生命能力的、用毛利杉木做成的小矛。有的小矛在空中变成鸽子,飞向森林;有的刺进海水变成鳗鱼。永恒之歌在海上回荡,大地和海水都为他开道。他便是它们梦寐以求的天赐之物——人。他满怀喜悦和感恩之情,对大地高声喊道:

呼唤我吧,呼唤我吧,呼唤我吧!

据神话说,当他想扔出手中最后一支小矛时,小矛拒绝离开他的手。无论怎么尝试,小矛总是不飞走。

骑鲸人手中拿着小矛,祈祷说:"我已栽培了足够的小矛,将来再种它吧。让它在人们受苦和最需要它的时候开花结果吧。"

这时小矛高兴地从他手中脱离,驰向天空。飞翔了一千年后,又掉回了大地,形状依然如故。它必须等待一百五十个春秋，直到被人们渴求。

巨鲸之尾在空中威严拍击。

"聚集一方……聚集一方……如愿以偿……"

春季 命运的力量

2

　　瓦尔德斯半岛位于阿根廷的巴塔哥尼亚高原地带,附近的海域被称为"阳光小径",是幼鲸的摇篮。四个月前,巨鲸们从南极觅食区移居此地,在两个宽敞而宁静的海湾中交配,生儿育女。他们的首领是一头年迈的公鲸,和老母鲸一起一边用长笛般的歌声唱着慈祥、庄严的曲子,一边看护着鲸鱼群。"阳光小径"水明如镜,星光不时移动和闪烁。老鲸们期待着幼鲸赶快成长,直到具有长途旅行的体力。

　　望着幼鲸,老公鲸沉浸到儿时的回忆中。在他只有三个月大时,母亲被鲨鱼咬死了,他伤心地在哈瓦以基的浅滩上痛哭。这时,一个身披金辉的人出现了,他吹起了长笛,陪伴着幼鲸的哀号,那凄楚动人的音乐表达了他对幼鲸的同情,那曲调无意中模仿了鲸鱼的安慰歌的旋律。幼鲸游向了他,他双手抱起幼鲸,轻轻晃动,用鼻子贴着孤儿,向他问候。金色人营救了幼鲸，并成了他的主人。当鲸鱼群继续向远方旅行时，幼鲸留下了，在主人的守护下成长。

小公鲸长得很英俊，他精力充沛，深爱着主人。主人一吹长笛，他马上就游向他。现在公鲸上了年纪，动作迟缓了，但仍然追忆着青春时代的往事和主人的相貌。当往事涌上心头时，他便在摇曳的海水中唱出委婉的长篇哀歌。老母鲸们立刻游向他，用带有老斑的温暖的身体轻轻抚摸他，表示她们的爱情。

老鲸的声波满载着怀旧之情。海水的回声不断传递来主人的长笛声。一听到那笛声，他马上停止觅食，试图跳出海面，像年轻时那样急速游向主人。

随着岁月的流逝，往日的幸福时光越加充满魅力，不断向他召唤。母鲸们很担心他的青春狂想曲和梦幻中的笛声有一天会把他诱向西南方的危险岛屿。

3

　　这故事的开端便是卡呼的到来。卡呼终于来到了我们之中。正因为卡呼的存在,我们都得救了。我们早就预料到这孩子的出现,但当卡呼降临时,我们却注视着其他方向。那天,我和伙伴们正在祖父阿皮拉纳老人家里聚会喝酒,电话铃响了。

　　电话是我大哥泊罗浪击打来的,他是这家的长孙,现住在南岛,他妻子瑞花刚刚生下我们大家庭中的第一个曾孙。

　　"是女孩?"老人不高兴地说道,"我与她无关,这女孩儿打断了我们部族世世代代的男性血统。"他把话筒推给祖母"大花奶奶",并说:"都是你不好,你那方的女性血统太强。"他穿上橡胶长统靴,顿着足,走出了门。

　　"喂,喂!"奶奶拿起电话筒叫道。她早习惯老人的坏脾气了,但仍然三天两头威胁着要同他离婚。她明显不在乎婴儿是女还是男，激动得嘴唇微微颤抖。整整一个月，她都在等泊罗浪击的电话。她双目凝视，这是她满怀爱情时流露出的表情："什么？你说什么呀？"

我们都笑了起来，冲着她说："老大娘，把电话筒放到耳朵上才能听清！"奶奶不喜欢听电话，每当听筒的细小洞眼里发出人声时，便浑身发抖，拿听筒的手臂不由伸直，远离耳朵。我便走到她身边，把听筒贴到她耳边。

几句话后，她眼泪直滚："什么？亲爱的，哦，真可怜，真可怜，她真太可怜了。哦、哦、哦。告诉瑞花，第一个孩子总是最痛苦的。以后就轻松了，有经验了。对的，亲爱的。我会告诉他的，你不用担心。对，没问题。是的，我们也爱你。"

她放下听筒后对我说："拉威力，你有一个可爱的侄女了。她一定很漂亮，泊罗浪击说她长得和我一模一样。"我们强忍着不笑，因为奶奶可称不上电影明星。突然间她双手按住嘴唇，表情严肃，走到阳台上，望着远处下方的海滩。这时是下午时分，老人正将小船推向海水中。他不高兴时，总是把小船划向海中央，在那里一个人发脾气。

奶奶大声叫道："你这老家伙。"她总是用这个称呼来表达爱情。但他装着没有听见，跳进小船，划向海中央。

奶奶被惹怒了，咕噜道："他以为可以避开我，哪能呢！"

我们闹哄哄的，拥挤在阳台上，看着奶奶一边冲向海滩，一边喊着："回来，你这老家伙！"他当然不理会。奶奶迅速奔向我的小艇。我还没来得及说个"不"字，她已经启动了舷外的马达，隆隆驰向老人的小船。整个下午他们互相大嚷着。在海湾中，老人从一方划到另一方。奶奶便拉开马达加速追赶，责难。你瞧，奶奶的脑子真好使，坐的是马达小艇。老人最终不得不投降，他可赢不了奶奶。真的，奶奶用绳子把他的船系在她的小艇上，拖回了海滩，管他愿意不愿意。

　　这是八年以前的事了。卡呼生下后的情景，我依然记忆犹新，仿佛就发生在昨天。特别是祖父母的争执鲜明地印在我脑海里。老人的问题是，他无法跳出毛利首领制的传统观念来承认卡呼的诞生。按照毛利族的习惯，首领是世袭制，由长子相传。但现在我们大家庭的第一个曾孙辈的人却不是男孩子。

　　他嘀咕着："她没有用，派不了任何用场。她与我无关，泊罗浪击下次得生个男孩儿。"

　　后来，无论何时奶奶提到那次吵架，老人总是紧闭双唇，两臂交叉，背对着她，朝其他方向看。

　　有一天在厨房中，我又被卷到他们的争执中去了。奶奶一边在大桌子上揉面，一边对老人发牢骚。他装着没有听见，她便向我唠叨起来。

　　"他以为他什么都知道。"她双拳敲着面团，"这个老家伙,他以为只有他才知道怎么当首领呢。"她把面团摔掷在桌上:"他可不是什么首领,我才是他的头儿呢。"然后转过头生硬地对老人道:"你可别忘了这一点。"她的手指压扁了面团后,把面团撕开。

老人心不在焉地哼着声。

"你别以为我在开玩笑。"奶奶用双手压平了面团,认真地对我说,"他知道我是对的,我是古老的母丽外的后代。她可是我们部族中最伟大的首领。"对着面团,她用拳头敲,用手指捅,用手掌压,用手腕摁。"我当初真该听我妈的,不嫁给这个老家伙。"她的脸上浮现出一股嘲弄的神情。

我瞧见老人对自己说着挖苦的话。

奶奶一边掐着面团,一边说:"这回儿,我可真的要和他离婚了。"

老人耸耸眉毛,装着满不在乎,继续心不在焉地哼着声。

这时,奶奶的眼光闪了一下说:"我会和山岗上的老瓦阿利一起生活。"

我得赶紧离开这个场面。老人一直吃老瓦阿利的醋,因为他是奶奶的第一个男朋友,相好过几年。我一离开屋子,里面就开战了。我一边踮着脚逃跑,一边听到后面传来的面团敲打声:"你这没出息的老家伙!"

4

这场架还比不上他们之间的另一场交战。那是泊罗浪击打电话来,说他想给女儿取名叫卡呼。

"叫卡呼有什么不好的?"奶奶对老人反问道。

老人说:"我知道你的阴谋。你在我背后煽动泊罗浪击。"

这个推测不会错。但奶奶眨巴着眼睛问:"是谁煽动了?是我吗?"

老人道:"你以为你很聪明,但你得逞不了。"

这次老人坐上了我的马达小艇,到海面上去发脾气了。

"这回我可不在乎他呢。"奶奶够狡猾的,一大早便用虹吸管把汽油吸空了一半,使得老人无法坐艇回岸,整个下午他又叫又挥手,但她装着没听见。最后,奶奶划着船驶向他,告诉他婴儿的名字已定下。他拿她真没有办法。她早已打电话给泊罗浪击,说可以用天人卡呼提阿的名字,把婴儿简称为"卡呼"。

不过，我明白为什么老人如此反对这名字。不仅因为天人卡呼提阿是男性，也因为他是我们部族的祖先。老人认为用部族奠基人的名字称呼一个女孩是贬低天人的威望。此后，每经过部族的会堂时，老人总会抬头望着坐在鲸鱼身上的卡呼提阿的雕塑，痛心地摇头，然后对奶奶说："你真不守本分，亲爱的，你可不该那么干。"奶奶也装得有些歉意。

我认为奶奶的问题就是从来"不守本分"。虽然她嫁到了我们的部族，但总是提及她部族的祖先母丽外。母丽外是乘着名为"钓鱼钩"的独木舟来到新西兰的。当木舟接近离我们村庄很远的法卡塔奈海岸时，母丽外的兄弟们在信天翁的率领下上陆探访。他们离开后，海水开始上升，大浪把木舟推向岩石边。母丽外知道船上人都会遇难。她开始吟唱一首特殊的祈祷歌，请求神灵们允许她成为首领，然后高声道："现在我已经变成男人了。"接着，她命令人们鼓足劲，拼命划舟，独木舟摆脱了这个危机时刻。

奶奶说："假如母丽外不那么干，独木舟会被大浪砸得粉身碎骨。"她举起双手说："我为血管里流着母丽外的血感到自豪。"

"但这不意味着你有权利那么干。"一天晚上老人仍然抱怨她给女孩子取"卡呼"之名。

奶奶走向他，亲了亲他的前额，温柔地说："咳，老爷子，我已经为此事祈祷过了。木已成舟了。"

回头看,我觉得奶奶的行动反而促使老人对第一个曾孙女更加冷淡。不过有些事奶奶是隐瞒着老人的。

"其实不是泊罗浪击想取那个名儿,而是瑞花要那么干的。"她告诉我瑞花的分娩很困难,不得不用剖腹产。卡呼生下后,瑞花很虚弱,担心自己寿命不长。她让丈夫用他部族的名字给孩子取名,把孩子归属到他那方。如果她去世的话,她唯一的孩子可同父亲的部族和土地相连。瑞花也是来自奶奶的部族,有母丽外的血统。泊罗浪击自然为她的想法而高兴。

泊罗浪击的第三个电话打来时,他仍在急救室内陪伴着瑞花。他说瑞花要把卡呼的胞衣和脐带埋在我们部族的会堂边的土壤中,姨妈第二天将坐飞机来到离泛歌拉二十公里的吉斯本市。

老人坚决反对这个想法。

奶奶说:"孩子的血统是属于泊罗浪击和你的,瑞花有权利把她的脐带埋在这块土壤里。"

"那你自己去埋吧。"老人回答道。

奶奶来找我帮忙了。第二天是星期五,她穿上黑色礼服,银发上披着一条围巾,"拉威力,带我到城里去。"她命令道。

我有一些担心,因为奶奶体重可不轻。但她显得很紧张,我便答道:"没问题。"我从小棚子里推出摩托车,扶她坐上,把我的"猎头夹克衫"披在她身上,以免她着凉,然后我们热热闹闹地开向城里。路过外奴依海滩时,其他伙伴们也加入进来了。我打算让奶奶尝一尝惊心动魄的滋味,便载着她在吉斯本市的主街上驰骋。

奶奶很喜欢这样。星期五的街上人很多,她像一个王宫贵族,由摩托车队陪伴。她一只手向过路人挥舞,另一只手紧抓着我的衣服。在皮儿街的信号灯前我们不得不停下,然后一起为她加大油门。奶奶的一些老朋友们穿马路时,透过蓝色烟雾看到她,吃惊得差一点吞下口中的假牙。

"老天呀,那是谁啊?"他们说。

她笑着高傲地说:"我是猎头族的女王。"这时我开始担心摩托车的减震器了。不过,我情不自禁为奶奶感到骄傲。我们在奔驰时,她伸出小指,仿佛在品茶,并对我说:"多谢了。"

到机场后,奶奶的情绪大变。隔着通道,我们看到姨妈走下飞机,她流着泪,奶奶也哭了。她们至少哭了十多分钟,姨妈把卡呼的胞衣和脐带递给奶奶,然后和奶奶一起走向我们,亲吻了大家后,便告辞了。

奶奶说:"把我悄悄带回泛歌拉,我可不愿城里人看到我流泪。"

我们一起回到村子后,奶奶仍然很感伤。

她对我说："拉威力，你和小兄弟们得帮我个忙，你们可是泛歌拉的男子汉哟。你爷爷是不会来的。"

夜晚即将来临。我们跟着奶奶一起在会堂前的空地上踱来踱去。她迅速环视周围，确定没有行人时，就开始祈祷了。她的声音如同海浪，时高时低。

"在天人卡呼提阿的关注下，我们将把脐带埋在这里，卡呼是取自他的名字。请祖先一直守护她，求大海保护她一辈子，因为是大海为我们带来了天人。"

奶奶在松软的土里挖了一个坑，埋进脐带后，又祈祷了一遍。结束时，天已经黑了。

她对我们说："小伙子们，你们是卡呼脐带的埋藏地的唯一见证人。这是我们之间的秘密。你们已经是她的保护人了。"

奶奶带我们去洗手，并将水喷到我们身上。走出会堂园地的大门时，我们从远处看见老人房间有灯光。奶奶轻声说："没关系，卡呼。待你长大后，你会改变这老家伙的。"

我回头再望了望脐带的埋藏地。月亮已经升起，明辉照耀在骑鲸人——天人卡呼提阿的雕塑上。这时我看见空中有一物飞过，像一只小矛。

从远方海面上传来了鲸鱼的歌声。

"聚集一方……聚集一方……如愿以偿……"

夏季

翡翠鸟的飞翔

5

假如你问我会堂之名,我告诉你,那就是卡泥。屋顶上的雕塑是谁?那是派克阿,那就是派克阿。啊,派克阿在海中游;啊,海神在海中游,啊,海中巨兽也在海中游。派克阿,您在阿乎阿乎阿乎登陆,变成天人卡呼提阿,啊!您拥抱坐在船尾的新月族的女子,啊,啊!现在您是那个雕塑,一个老人。

距离南太平洋的复活节岛四百海里之处是大地的尽头。在钴蓝色的太平洋深处,硅藻微微发光。老公鲸带领着六十多头鲸鱼组成的大队,按照他记忆库中的海底地图,长途旅行。老母鲸帮年轻母鲸看管小鲸,这是他们离开摇篮后的第一趟旅程。在大队前后方,年轻公鲸警惕地眺望着地平线。他们提防的不是海中生物,而是威胁所有生命的最大危险物——人类。一有可疑迹象,他们马上向老公鲸发出警报。老公鲸便带领大家,进入水下大教堂避难数日,直到人们走远。那海底大教堂又被称为"宇宙之脐"。

老公鲸记得过去没有避难的需要。金色主人总是向他吹长笛,并用海螺从远方发号施令。他们之间交流越多,互相间的理解和爱慕之心越深。那时他年轻,身长近二十米,主人开始和他一起游泳。

有一天,主人突然骑到他身上,变成了骑鲸人。鲸鱼兴奋极了,快速潜入水中。因为没有听到主人的惊恐声,他的尾巴在空中拍击,加速潜水,直冲海底。这几乎断送了心爱的主人的性命。

往事的回忆令老鲸哭泣,声波满载巨大忧伤。连老母鲸们都无法劝慰。每当年轻公鲸报告说地平线上有人时,母鲸们都绞尽脑汁地劝告老鲸不要游向那危险区域。在她们的哄骗下,老公鲸不得不继续带领大队进入海底大教堂。尽管如此,她们都知道老鲸将不可避免地走回悲哀的源泉和感伤的青春之梦。

6

卡呼出生三个月后,瑞花去世了。泊罗浪击将她的遗体和卡呼带回我们的村子,为她举行了葬礼。瑞花的母亲问我们是否可以让她的部族抚养卡呼,奶奶竭力反对。但泊罗浪击说:"让她带走吧。"老人马上接着道:"按泊罗浪击的意愿办。"奶奶的意见被否决了。

一个星期以后,瑞花的母亲来接卡呼了。我当时也在场。泊罗浪击流着泪,奶奶意外地镇静。她把卡呼紧抱手中,亲吻她那小海豚似的脸蛋。

她对卡呼说:"不用担心,你的脐带已经埋在这里。不管你走到哪里,你总要回来的。你绝对不会离开我们的。"这时我才意识到奶奶的智慧和瑞花的聪明,是瑞花坚持要给孩子取我们部族的名字,使她和我们的土地永久相连。

我们部族的家系属于"东海大浪族",祖先的发源地是古人和神灵们的居住地——哈瓦以基,在地平线的彼方,地球的另一侧。现在,哈瓦以基和我们之间横贯着浩瀚的海洋,我们称之为"基瓦大海",即"忧愁之海"。

我们的祖先是天人卡呼提阿,是哈瓦以基的有名望的族长。他第一个随着太阳照射在海上的小径从东方而来。在远古时代,人们有能力控制大地和海洋,所以卡呼提阿能够骑着鲸鱼旅行到我们今天的居住地。会堂顶上的天人卡呼提阿的雕塑表达了我们对祖先的自豪感以及他在我们部族中占据的重要地位。

曾有人更早坐独木舟来此地居住。但那时这块大地尚没有得到神灵的祝福,没有花草和果实。新西兰其他部族的传说中说,他们的族长和祭司到达后,给了大地祝福。我们部族的土地也是由类似的族长和祭司赐福的。天人卡呼提阿便是他们中的一个。他骑在鲸鱼背上,跨海而来,带来了赋予生命的礼物——小矛,使得我们可以同世界共享生命。这些小矛来自哈瓦以基的四个智慧之堂,各被称为"发卡爱罗爱罗"、"拉微奥罗"、"浪击他纳"、"塔培热·奴依·阿·法同加"。小矛被用于栽培在新发现的土地上,有它们的特殊能力,告诉人们如何同陆地野兽和海中生物对话,使地球上所有造物都生活得如同伙伴,相互依赖,和谐共处,成为一个整体。

清晨,天人卡呼提阿在我们村子外的名为阿乎阿乎的小高地上着陆。为了纪念他的航海，他又得到一种鲸类——"座头鲸"的名字——派克阿。当他首次见到陆地时，牛郎星正上升到神山西库浪击之上。周围景色使他回想起他的出生地哈瓦以基，所以他把新土地命名为"远方的泛歌拉"。我们现在简称为"泛歌拉"。这里周围的海峡、山岳和河流的名字都是来自哈瓦以基，如"远方的海峡"、"外阿浦河"和"远方的山峰"。

派克阿把自己的未来交给了新土地。他同新月族的姑娘结了婚，有了不少儿孙。他的村落名为"大天村寨"，村民们的生活平安和睦，种植甜薯和蔬菜，恪守祖先的传统。派克阿之后的第四代子孙中出现了一个伟大的族长泊罗浪击，我大哥便是取他的名字。在泊罗浪击的领导下，"东海大浪族"的子孙都团结在现在称为"旺盛族同盟"的周围。他最小的弟弟塔呼·波提击在南岛建立了"慨塔呼同盟"。

很多世纪后，族长的职责传到了我的祖父阿皮拉纳老人，从他又传到我大哥泊罗浪击。现在大哥将他的长女命名为"卡呼"。

八年前，卡呼出生后，由她母亲部族的人们抚养。我们那时根本没有意识到她将在我们生活中起到如何重要的作用。当一个孩子生活在别处，你是看不到她与众不同之处的。就如我早已说的那样，我们都注视着其他方面。

八年前我十六岁，我和伙伴们依然到处闲逛。尽管我的一些女友想把我诱惑走，我的初恋者和永恒的恋人仍然是摩托车。回首往事，说真的，我和伙伴们从来没有忘记过卡呼。毕竟是我们把她的脐带带回泛歌拉，只有我们和奶奶才知道它埋在何处。我们是卡呼的保护人。每当我走近脐带的埋藏地，总会感到我的摩托车夹克衫被拽了一下，一个声音会出现在耳边："拉威力叔叔，别忘了我。"我把这个感觉告诉奶奶，她双眼闪亮着说："尽管卡呼远离我们，但她让我们知道她想念我们呢。她总有一天会回来的。"

果然，卡呼出生的第二年夏天有了这样的机会。那时，泊罗浪击已从南岛返回泛歌拉，在附近城里工作。老人暗中为之高兴，因为他想把部族的知识传给泊罗浪击。我大哥最终会成为族长的。一天，泊罗浪击在会堂里接受文化知识训练课时，抬头看着祖先派克阿的雕像，突然对老人说："我真为女儿感到寂寞。"老人没有搭话，也许希望他能够忘记这个寂寞。奶奶闪电般地快速答道："哎哟，你真可怜，最好马上去把她带回来，让她和曾祖父一起过一个好假日。"我们知道她是在挖苦老人。奶奶一定也很寂寞，因为曾孙女离她如此遥远。不久，泊罗浪击把她接回来度假了。

泊罗浪击和她刚一跨进门，奶奶高兴得双眼一眯，紧紧抱住卡呼。然后不由分说地把卡呼推向老人的怀里。卡呼第一次看到曾祖父时，就"一见钟情"，把口水流了他一身。

老人忙说："别、别、别。"

奶奶讽刺道："流一点口水怕什么。"

他恼怒着说："我怕的不是这头，而是另一头。"他掀起包着卡呼的毯子，我们都不禁大笑，因为毯子的另一头也被卡呼弄湿了。

回想起来，家中同卡呼的第一次团圆是充满爱的。令人吃惊的是卡呼和老人非常相似，他们都没有头发和牙齿。唯一不同之处是她爱他，但他不爱她。他把她推回给奶奶后，卡呼哭叫起来，仍然要他抱着。但他转过身子，走出门外。

奶奶低声说："没关系，卡呼，他会回心转意的。"可惜的是他顽固不化。

我认为老人的态度是由各种原因造成的。其中之一是他和奶奶都已经七十多岁了，奶奶依然喜欢儿孙们，但老人似乎早被他们弄得筋疲力尽了。另一个原因是他是一族之长，为毛利人和毛利的土地所面临的各种危机而担忧。但最主要的原因是他不希望第一个曾孙是女孩。他要的是男孩儿，适合于他传授部族的传统。我们当时并不了解他的心情，但他已经开始在其他家庭中寻找合格的男孩了。

卡呼当然不知道这一点，她深爱他。一看到他时，总想坐起来,多流一些口水,以唤起他的注意力。

老人说:"这孩子饿了,想吃点什么。"

奶奶会转过身子对我们说:"她是想要他,这个老家伙。她要他的关心。一想到这点,我就决定非和他离婚不可,找一个年轻点儿的丈夫。"奶奶和我们一伙儿都想赢得卡呼的欢心,但卡呼所感兴趣的只是那个无牙秃头的老人。

那时,卡呼并没有什么令我们吃惊的异常举动。但有两桩小事给我们留下深刻的印象。第一是,我们发现卡呼特别喜欢毛利食品。奶奶给她一勺子发酵玉米后,她马上大吃起来。奶奶说:"这孩子有返祖现象,不喜欢牛奶,不爱热饮料,只喝凉水。她也不喜欢砂糖,只爱毛利食物。"

第二桩事发生在一个晚上。老人在会堂里召开一个部族会议,让所有的男人都到场,我和伙伴们都挤到会堂去了。他进行祈祷和陈说欢迎词后,便进入主题。他说他将为男子们办一个正规训练班,使他们能够了解自己部族的历史和习俗。他强调说只允许男子参加,因为男子是神圣的。当然,他的教学内容不会像过去那样严格,但目的是同样的,即让毛利语子孙相传,增强部族的生命力。他说我们应该接受这个重要的教育,训练班下星期在会堂开始。

自然我们都同意了。如往常一样,严肃的话题结束后,空气变得轻松。老人讲了他过去从祭司那里得到的教育。故事一个接一个,我们都入迷了。那时的教育方法主要是接受各种测试和挑战。记忆力的考测是背诵部族的漫长家谱,其他测试内容包括敏捷力、智慧、体力和心理强度。其中之一是学生必须潜入海水深处,捡回祭司故意扔下的小石雕。

老人说:"那时有很多测试,有些项目的意义我都不懂。但我知道老祭司有能力和野兽及海中生物交谈。咳,可惜的是我们已经失去了那种能力。在我的训练期接近尾声时,老祭司把我带到一间小茅屋,伸出脚来,指着大脚趾对我说:'咬它一口',我便咬了,然后……"

老人突然停下不说了,满脸是疑惑不解的表情。他微微颤抖,望桌子下瞅,我们都朝桌下看,卡呼在那里。她乘我们不注意时,爬进了会堂。对她来说,老人的大脚趾看上去一定很味美,她正啃着,而且一边玩耍它,嘴里一边发出啧啧声,像一只小狗玩耍着一块骨头。然后,她抬头望着他,仿佛是在说:"你可不能把我留在训练班外啊。"

我们笑着把此事告诉了奶奶。她讥讽道:"我不觉得有什么可笑的,卡呼会被他的脚趾毒死的。她能咬那老家伙一口,太好了,可惜她还没有牙齿。"

老人可不觉得那么有趣,我现在才终于明白其理由。

7

卡呼再次来到我们身边时已是两岁了。她同泊罗浪击一起来的。大哥带来了一个名叫阿娜的漂亮女友,他们好像是在热恋中。但奶奶的眼中只有卡呼。

奶奶拥抱她说:"我的天,你有头发了!"

卡呼咯咯地笑,双眼像光灿灿的蘑菇,皮肤亮晶晶。她马上想知道老爷爷在哪里。

奶奶说:"老家伙在惠灵顿参加毛利族议会,今天晚上坐公共汽车回来,我们去车站接他。"

卡呼那么迫不及待想见他,让我们都笑了。在通向小镇的路上,她不停地扭动身体,挣脱我们的手。我们为她买了饮料,她不喝,只喝冷水。公共汽车到达后,老人同其他议会成员一起下车了。她高兴地扑向他,声音中的喜悦之情打动了我们。我们本该预料到这点,但仍然对她的热情欢迎而吃惊。

她扑到他怀里,高声叫着:"哦,老家伙,你回家了,老家伙,哦,老家伙!"他站在那儿,毫无思想准备,想找一个地方藏身。咳,他太害羞、太窘迫了。

老人责怪我们造成这尴尬局面。他让她称他"老爷爷",可是,他一旦是她的"老家伙",便将永远是她的"老家伙"。

作为一个族长,他常常被请到全国各地开会,为毛利人的利益发言。他以严厉和专制闻名,很多人害怕他。奶奶常说:"那些人得瞧瞧我,他们才会知道该怕什么。"尽管如此,我和伙伴们都对老人怀有敬畏之心。他有时虽然不公平,可为了毛利人的利益,力争了不少东西。我们给他的绰号是"超级毛利人"。街上的电话亭总让我们联想起他。我们常说:"如果你在巴斯汀海峡想找人帮忙,打电话找'超级毛利人'。如果你要找人带领争取土地权利的游行,拨号'泛歌拉214K'。如果你要找强壮的人参加'外唐基节日的示威',呼唤'毛利铁人'吧。"不过,有一点我得告诉你,在我们反对南非的"斯浦令包克橄榄球队"访问新西兰时,他可没有站在我们这一边。他有他的独特性格,从来就是他自己的主宰者。奶奶还会加上一句:"不管是对还是错,他总是他自己的头儿。"

老人参加的大会是讨论如何建立"语言之网",使毛利儿童可以学习毛利语。我们成年人参加的是常规语言学校,正如老人一年前在泛歌拉成立的训练班一样。尽管我们得到的教育不充分,但我和伙伴们都很喜欢周末的训练班。不久,卡呼也明显喜欢上这些课了。她会悄悄地走到会堂的门边,窥视我们。

老人一看到她,便雷鸣般地吼道:"快走开!"她的小脑袋便飞快消失。过不了几分钟后,那脑袋又会晃出来,像一团带刺的海胆。我估计卡呼偷听到的内容远远超过了我们可想象到的。她一定也听到老人所说的人类曾有能力和鲸鱼交谈,派克阿命令鲸鱼远游等故事。

早在派克阿来到之前,鲸鱼在生物中就占有特殊的地位。很久以前,天父和地母分离了,他们的孩子在大地上各自划分了不少王国。淌歌若阿得到了海洋王国,他的地位仅次于人类神拓那,即人类和森林之父。淌歌若阿和拓那在海洋和人类、大陆之间建立了密切的关系,这是双方的第一次交流。

淌歌若阿要求黑暗神基瓦、漩涡神罗那和沐浴神卡屋卡屋帮助他管理世界。基瓦守护南海,罗那控制海浪,卡屋卡屋帮助海中生物定居。另外两个来自大陆的守护神塔卡阿伙和扑发哈拉对这三个神灵提出要求说,尽管他们的子孙得到了湖泊,但他们希望在大海中自由漫游。这要求被接受了,此后,鲨鱼和鲸鱼便生活在海洋中了。

鲸鱼很感恩,满怀喜悦,以帮助迷路人寻找航路而闻名。只要迷路人知道如何同鲸鱼对话,他们一呼叫,鲸鱼马上会来营救。

随着世界的成熟和发展,人们丧失了灵性,也失去了同鲸鱼交流的能力。只有极少数的人才能得到与鲸鱼对话的知识。其中之一便是我们的祖先派克阿。

有一天,派克阿请鲸鱼带他到遥远的南方去,他答应了,并且实现了派克阿的长期心愿。

据传说,鲸鱼到达目的地后,变成了一个小岛,可在通向托拉岬海岸的高速公路上看见。那小岛看上去真像一只破浪前进的大鲸鱼。

许多岁月流逝了,派克阿的子孙也增加了,但他们对祖先及鲸鱼岛的敬意没有减弱。那时人们仍然与神灵互相沟通,陆地生物和海洋生物有密切关系。每当人们想跨越陆地王国和海洋王国的边境线时,他们总是首先把海藻、鱼类和鸟类作为祭物,奉献给淌歌若阿。当淌歌若阿赐予人们满网的鱼儿时,人们便把第一次捕捉到的鱼放回海里,感谢淌歌若阿给人们带来的幸福。人们一直对海洋举行这个表示敬意的仪式。捕鱼被看作神圣职业,女人不可和男人一起出海。只有经过神圣仪式的洗礼后,捕渔场才会提供丰盛的捕鱼量。在那些日子里,连鲨鱼都帮助人们,除非人们违反了圣法。

这种互助关系一直维持到人们开始攻击海兽,屠杀鲸鱼为止。

那天晚上听完鲸鱼的故事后,我从训练班回到家里,看见奶奶坐在阳台上,手中抱着卡呼,不断前后摇摆。

奶奶用下巴指着会堂方向问:"拉威力,你们在那儿干些啥事?"这时我看到卡呼用小拳头揉着眼睛。

"没干什么呀。怎么了?"我问道。

"这孩子哭得厉害,好像心都要碎了。"奶奶顿了一会儿又问,"老家伙是不是骂她了?"

我回答道:"他不比平常骂得多,只是不希望她在训练班周围转。不过如此而已。"

自从训练班开始以后,奶奶不断对老人唠叨。她虽然同意应该开一个训练班,但感到将女人排挤在外是对她的侮辱。老人说这是老规矩,她便怒气冲冲地说:"我知道,定规矩是为了打破规矩。"所以每个月的第一个星期六,她总是故意找他的岔子。他则漫不经心地哼着声。

奶奶用力咬着嘴唇,心中怒气显然即将爆发。她对我说:"你带这个孩子去玩,老家伙回来后,我要同他谈一谈。"

把卡呼这样推给我实在让我为难。我本打算同切丽尔·马利一起去看电影的。我不得不打电话告诉她说我要照顾小宝贝,无法去看电影。

切丽尔便说:"哦,我希望你那小宝贝不是'身高一米五九,蓝眼睛水汪汪'。"切丽尔吃我另一个女友蓉达·安妮的醋。

我答道:"不是她,你才是'我的宝贝,城中之最'。"

咳,真没料到她居然甩下了听筒。没法子,我只得把卡呼也带去看电影。我在夹克衫里藏着约会的"替代物",匆匆忙忙赶到"崇高影剧院"时,伙伴们都大笑起来。年轻姑娘们喜欢她,"瞧她长得多漂亮!真是个小甜妞儿哩。"有意思的是一些姑娘已经在远处打量我了,看我是不是结婚的材料。咳,别打我的主意,没门儿!

电影早已开始了,但这不是一个儿童片。漆黑之中,我成功地把卡呼偷偷带进影院。一开始,我不知道这电影是关于在南极捕捉鲸鱼的事。不久,卡呼睡着了,在沉睡中度过了电影的一大部分。她在我膝盖上蜷成一团,离我那么近,我像父亲似的守护她,这使我更感到和她之间的血缘关系。我必须一直保护她,直到世界终止。我不时打开夹克衫看一看她,在忽隐忽现的电影投射光下,她的小脸蛋显得苍白。我突然喉咙处有些发酸,便在心中说:"卡呼,我绝不会撇下你不管的。"

这时,电影中的悲剧开始了。被刺伤的鲸鱼在血泊中等死,发出痛苦挣扎的声音。那声音一定是临场录音。长叹声在空中回响,那么不可思议和哀伤。怪不得卡呼这时醒来了,满脸是泪。塞给她一块糖也不顶用。

我回家时,大花奶奶和阿皮拉纳老人已经休战。但家中的空气如同电影中的南极冰川。

奶奶用下巴指着老人说:"今天晚上他和你在小屋子里睡。我已经受够了他的罪。明天就离婚,这次说到做到。"她突然想起了什么,从我的手中接过卡呼后,猛地拧了一下我的耳朵。"哎哟!""记住,以后不准把我的小宝贝带着乱跑,四处闲荡。你让我担心死了。你们都到哪里去了。"

"去看电影了。"

"看电影?"她一巴掌劈在我头上,"然后到了哪里?"

"去海边了。"

"海边?"这次我躲开了她的手,正要得意时,她一脚从背后踢过来了,"我警告你再也不许这样干!"她紧紧地抱着卡呼,走进她和老人的卧室,砰地一声把门关上了。

我这时想起了切丽尔·马利,对老人无奈地说:"看来今天晚上我们俩都倒霉了。"

半夜时分,我突然想起了什么,想推醒正在身边打呼噜的老人,但他只是依偎着我,嘴中喃喃道:"大花哟,我心爱的。"我侧身逃到了窗前,坐下,抬头望着明月。

我本想告诉老人,看完电影后回家的路上,我和伙伴们走到了斯本吉海滩。海水像起伏的银箔纸,一直延伸到天边。

一个伙伴指着海中说:"快看,那里有一头逆戟鲸。"

嗜杀成性的逆戟鲸在海中鬼鬼祟祟地游动,让人惊异,毛骨悚然,像是一场恶梦。

更让人吃惊的是,这时卡呼的喉咙里发出了一种奇怪的声音。我敢发誓说,她那哀伤的长叹声和电影中的鲸鱼声完全一样,她仿佛就是鲸鱼群中的一个。

逆戟鲸马上从海面上消失了。

"聚集一方……聚集一方……如愿以偿……"

8

又一个夏天到了,卡呼已是三岁。当时本地缺雨,海边尘埃满天。阿皮拉纳老人担心人们没有足够的饮用水,想用卡车把饮用水从外地装运回来。我的一个伙伴说,世上最好的饮用水是 DB 牌"低度黑啤",塔塔泊利镇的旅店一定乐意免费为我们送来。另个伙伴说,我们得沿途护送,不然,会有人拦路抢劫。

在坎坷的生活中,卡呼给我们带来了特殊的光明。老人依然对她冷漠。不过,泊罗浪击已经回到泛歌拉,训练班也吸引了不少人,老人对第一个曾孙是女孩的不满略微减轻。

奶奶常对他说:"你责怪不了她,假如你们部族的血统胜不过母丽外的血统,那得怪你们自己不争气。"

老人漫不经心地哼着。

老人已经从部族的贵胄子孙中找到了三个男孩儿,希望将来把知识之冠移交给他们。瞧到泊罗浪击和女友阿娜的爱情在加深,他心中暗想,阿娜没有母丽外族的血统,说不定这次泊罗浪击会有一个男孩子。

在如此状况下,卡呼从老爷爷那里得到的爱如同从桌边掉下的残食,盛宴中吃剩的面包屑。但卡呼仿佛毫不在乎,一有机会,总是跳进他的怀抱,接受从他那里可得到的任何东西。假如他说他喜欢小狗的话,她一定会吠叫。她对他的爱是那么深。

夏日是剪羊毛的季节。我和伙伴们从当地海边的农场中取得了剪羊毛的合同。最初的几天早上,我们出发时,卡呼留在家里,总是从窗槛处瞅着我们,双眼流露出一种表情:"拉威力叔叔,可别忘了我啊。"

一天早上,我出了一个主意,让卡呼很高兴。我对奶奶说:"我想把卡呼带到羊圈去。"

奶奶忙说:"不行,不行,她会淹死在羊粪中的。"

"没问题的,卡呼,你说是不是?"

卡呼两眼放光:"没问题,大花奶奶让我去吧。"

奶奶不高兴地嘟囔着:"好吧。不过明天你得帮我干菜园的活儿,答应不答应?"

卡呼是我们的宠儿。自上次看电影后,她好久没有和我们一起闲逛了,自然我们总想带她到处转转。当然,她和我们一起已经去过很多地方,不过都是在奶奶的蔬菜园不需要她帮忙的时候。

那晚上从羊圈回来后,奶奶一巴掌打在我头上,训斥道:"在羊圈,你们都让她干了什么? 把她弄得筋疲力尽。"

"没有干什么呀。"我刚一抗议,她的拳头捅向我胃部。我接着说,"她不过是帮着剪剪毛,扫扫地,压压毛,收拾收拾羊毛刀而已。"

扫帚劈头而来,奶奶骂道:"我知道,你们这些混账一定是躺着抽烟,活儿都让她一个人干了。"

咳,谁能赢得了奶奶呢。

那时,训练班很受人欢迎,我们都觉得有必要知道自己的祖先,自己的根。奶奶依然对训练班不满,她把卡呼抱在手中,坐在前后摇摆的椅子上,从阳台上瞟着训练班的男子们路过。

为使我们都听得见,她大声说:"瞧,三K党又出笼了。"

可怜的卡呼,她总是跑进会堂,在走廊上偷听我们的课。老人便会雷鸣般地吼叫:"快离开!"

只有一堂课,卡呼是无法偷听到的。有一天老人带我们坐上钓鱼船小队,到海中讲课。

老人说："在我们村庄里，我们尽一切努力同淌歌若阿的王国及守护神和睦相处，祭奠海中神灵，当我们需要它们的庇护，或者处于困境时，我们总是呼唤守护神。而且在淌歌若阿的面前，给每一个新鱼网和新钓鱼线祝福。出海捕鱼时，不随身带任何食物，因为捕鱼是神圣的工作。"

我们的钓鱼船小队慢慢驶向海中。

老人继续说："我们的捕鱼区域总是受到守护神的庇护。为感谢它们，我们常常把具有护符力的源头看作圣地，使鱼儿也得到了保护，并把它们吸引到捕鱼区来，保证我们的捕鱼量。我们尽量不过多捕鱼，因为我们不愿滥用淌歌若阿的好意，否则，会遭惩罚的。"

我们来到大海中，老人让我们围在他的身边。

"我们给所有的捕鱼场、海滩和岩石取了名字，有关它们的传说留在故事、歌谣和谚语中。当无法辨别捕鱼场，或者不知道岩礁的方位时，我们便以著名的海边峭壁或者山岗作定位点，来确定捕鱼场的位置。这样，我们掌握了所有种类的捕鱼区。我们也尽量不走进别人的捕鱼区，因为他们的守护神会认为我们是侵略者。进入不熟悉的海域时，我们把随身带的水撒在周围，以保护自己。"

说到这里，老人停下了。他又张开嘴时，话语中带着悲伤和悔恨："但是，有时我们不遵守同淌歌若阿达成的协议。在当今的商业主义时代里,要顶住诱惑是不容易的。过去如此,现在也如此。太多的人使用潜水设备,太多的人拿着商业捕鱼证。我们不得不在捕鱼场设置禁渔期,不然,都会像鲸鱼那样被杀绝的……"

老人犹豫了一阵。大海远处传来了沉闷的隆隆声,就如一扇大门被推开,让我们感到有一生物投身入海。老人用手遮住眼前的阳光。

他的话音中带有一种着了魔似的语调:"孩子们记着,过去我们曾经有很多守护者,现在几乎没有神在保护我们。你们听,大海变得如此空寂!"

海上之课结束后,晚上我们聚集在会堂里。海上沉闷的回声预示着暴风雨的到来,幽灵般的鱿鱼从地平线上游来。我走进会堂时,抬头看了一眼祖先派克阿的雕塑。他仿佛驾着鲸鱼,在鞭打肌肤的雨中穿梭。

老人带着我们祈祷,祝福我们的训练班。说完开场白,他告诉我们大海变得如此寂静的原因。

他说:"我七岁时,和叔叔住在一起,他是一个捕鲸人。我当时太年幼,什么都不懂,也不知道我们的祖先是鲸鱼。那时,捕鲸是最大的娱乐,一旦瞭望塔上的钟被敲响后,所有捕鲸船都会冲向海面,追捕鲸鱼。大家会放下犁柄、羊毛刀、学校教科书等手中的任何东西,一起爬上瞭望塔,像白色气球飞上天一样。我也跟着一块儿爬,然后望见远处海上有一群鲸鱼。"

雨声和他的话音交融。"那是我所见过的最美丽的风景。"他的手挥了一下,"在船坞上,我看到一艘又一艘的船划向海中。我爬下瞭望塔,路过工棚,大铁锅下的木柴已经点上火,将把新得的鲸鱼油煮得沸腾。忽然,叔叔叫我坐上他的船,和他一起划向海中。"

这时,我看见一个刺猬般的头在门外晃动。老人说:"那是我第一次离鲸鱼那么近。至少有六十多头鲸鱼在一起。我绝对不会忘记那个场景。他们显得极其高贵,充满活力,我们的长船离一头鲸鱼是那么近,我可以伸手摸到他的皮肤。"他放低话音,带着敬畏的语气,"我可以感到皮肤的波动,那皮肤像丝绸一般光滑。他就是一个神灵。然后鱼叉、标枪在空中嗖嗖作响。我是个小孩,被惊心动魄的气氛笼罩,就像我们表演武术舞蹈'哈卡'时的那种感觉。"

他顿了一会儿,仿佛受了催眠术似的朦朦胧胧地说:"我记得当一头鲸鱼被鱼叉刺中后,鲸鱼会使出全身力量挣扎,血液如喷泉般涌出,把海水染红。不久后,三四艘船把它拖向附近海滩,切开鱼体,分享鱼肉、鱼油和内脏。在屠鲸场,把鱼油从鱼体上扒下时,血液通过水道流向海里。瞎眼的鳗鱼随海浪而来,狂喝鲸血。"

这时我听到卡呼在走廊哭泣,忙侧着身体走向她,她一看到我,便用双手抱住我的脖子。

我对她说:"在老爷爷发现你以前,赶快回家。"

但她被杀鲸的故事吓坏了,无法动弹,喉咙里发出呜呜的哭声。

老人在屋内说:"鲸鱼解体结束后,我们会砍下大块鱼肉,挂在马鞍上,带回家中……"

就在这时,没等我来得及抓住她,她冲进会堂,大声叫道:"别说了,老家伙,别说了。"

老人吃了一惊,然后叫道:"赶快离开这里。"

"不,老家伙,我不走。"

老人冷酷地走向她,双手把她抱起,扔出了会堂。并重复道:"离开,赶快离开这里。"

大海发出了不吉祥的声音。雨点如鞭子抽打大地。

三小时后,卡呼仍然在哭。奶奶听说会堂里发生的事后,气得脸色发青。

老人对奶奶说:"我不许她接近会堂,我想说的就是这点。我早就跟你说过了,也跟这个丫头说过。"

卡呼边哭边说:"我不好! 老家伙我喜欢。"

奶奶说:"你们这些臭男人,别忘了你们是打哪儿来的。"

"够了,够了。"老人冲出了门外,结束了争执。

那天晚上,卡呼一直抽泣着。我当时以为她哭成那样是因为被老人骂得伤心,但现在我明白得更多了。我听到奶奶走进她的卧室,安慰着她。

"卡呼,移开一点,让我这小身体当你的床。"

"老家伙我喜欢。"

"等我拿到离婚证书后,你再去喜欢他吧。"奶奶爱她爱得心痛,"没问题,没问题,等你长大后,你会改变这老家伙的。"

海浪拍岸的嘶嘶声和怒吼声同奶奶的说话声交杂着。一会儿,卡呼睡着了。

奶奶低声说:"睡吧,小宝贝,假如你不改变他,我发誓要改变他。"

嘶嘶声和怒吼声重复着,海浪此起彼伏。

第二天早上,我轻手轻脚地走进卡呼的房间,想给她一个拥抱,以示安慰她。但打开门时,她早已不在了。我去看祖父母的房间,她也不在。奶奶把老人推到地上,她自己伸开双手双脚,占领了大床。

大海安静,温柔。昨晚的暴风雨似乎从来就没有发生过。

在清新的空气中，我听见了话语声。远处，卡呼的轮廓投射在沙滩上。她面对大海站着，倾听浪涛拍岸声。

"你来了……你来了……卡呼……你来了……你来了……"

突然，她转过身看见我，直奔过来，像一只海鸥："拉威力叔叔！"

晨光中，我看见三个银色的影子从海中跳出。

秋季

鲸鱼深潜的季节

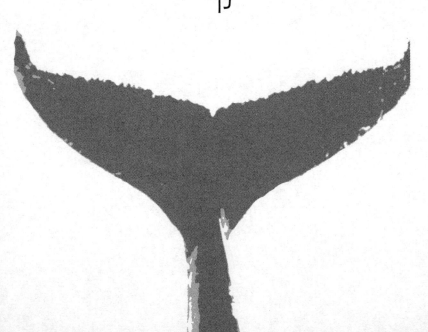

9

假如你问我会堂之名,我告诉你,那就是卡泥。屋顶上的雕塑是谁?那是派克阿,那就是派克阿。啊,派克阿在海中游;啊,海神在海中游;啊,海中巨兽也在海中游。派克阿,您在阿乎阿乎登陆,变成天人卡呼提阿,啊!您拥抱坐在船尾的新月族的女子,啊,啊!现在您是那个雕塑,一个老人。

哈瓦以基是海中之壕,神灵居住地,祖先发祥地。鲸鱼群在金色海水中徘徊,如同国王的飞机在空中飞翔。高高在上的海面因日升日落不断燃烧。火焰下便是海中之壕的城壁。鲸鱼群正等待领路老鲸的命令,以便潜入海底,并随着来自神灵居住地的暖流而漂浮。

可是领路老鲸仍然在悲伤。两个星期前,鲸鱼群在南太平洋的图阿默图群岛附近觅食时,霎那间一个剧烈的闪光使海水沸腾,巨大声波同时传来,震动得鲸鱼内耳道出血。四头小鲸鱼死亡了。老公鲸记得同样的悲剧过去也发生过。他诅咒自己,哀伤不已,是自己把鱼群带向他早就知道的危险区。仓皇逃散时,他看到海底有很多裂缝,细长的龟裂状意味着地壳下有着严重的损伤。几个星期后,老公鲸依然难以把握海中的核放射量,担心从莫如若阿环礁渗出的污染,害怕海底残存的放射物给鲸鱼群和幼鲸们带来遗传疾病。可悲的是,这个海底曾经是地球的子宫。

母鲸们试图安慰老公鲸的怀旧之心,但他仍然无法遏止记忆的流淌。这里曾如水晶般地清澈、透明,是他幼年时和金色主人生活过的地方。自那灾难发生后,他们俩多次回避海中之壕的上方。金色主人还教他如何伸屈肌肉,让身体上出现把手处,可使他骑在鲸背上。更多的肌肉硬块可为他提供鲸鞍和鲸镫。鲸鱼游泳时,会用强健的肌肉固定住主人的脚踝,并在喷口处的后方打开一个呼吸道。每过一会儿,只要主人拍一拍左面的鱼鳍,它便给主人提供氧气。

突然海中之壕开始抖动,发出爆裂声,并出现团团发光物。像银河那样闪耀的是放射物编织出的死亡之网。在老公鲸的生涯中,他第一次不得不绕开自古以来的航路,鲸鱼群们都游向了海面。老公鲸决定到南极寻找安全地带。但母鲸们互相诉说自己的担忧,因为南极附近有危险岛屿。尽管如此,她们仍然跟随老公鲸,快速逃出了毒水区。她们能够理解老鲸的绝望,因为这里曾是生命和神灵的居住地,但现在变成了墓地。鲸鱼群破浪而进,唱着他们的歌曲。

"聚集一方……聚集一方……如愿以偿……"

10

卡呼四岁时，我决定到外面去看一看大世界。老人认为我应该这么做，但奶奶不赞成。

她说："泛歌拉有什么不好的？这里就是一个大世界，外面有的东西这里都有。你一定惹了祸，想逃走。"

我忙摇头说："我可没有惹祸啊。"

"那么，你一定是想避开一个女朋友。"她带着怀疑的眼光看着我，用手捅了捅我的肋骨，"坦白说，你是不是干了什么坏事？"

我一笑了之。从沙发中站起来，模仿电影明星克林特·伊斯特伍德，指着我手中的六响枪说："说实话吧，这个小镇太小，不够我和这支枪一起住的。"

接下来的四个月中，我干双份活，攒足了钱，买了新西兰航空公司的飞机票。伙伴们凑钱，为我开了一个盛大的告别会。我的女朋友乔依琳·卡罗尔为我流了一罐子的泪。在飞机场上，我对奶奶说："别忘了照看我的摩托车。"

她冷笑道："别担心，我每天都会喂它吃草，给它喝水。"

"代我亲亲卡呼。"

"唉。愿上帝与你同在。别忘了回家，拉威力，还有……"

她从怀中掏出一只玩具水枪，对着我："乒乒。"

我飞向了澳大利亚。

同卡呼不一样，我的脐带没有埋在泛歌拉，所以一离开就是四年。我所听说的有关澳大利亚的事都被证实了。这个国家庞大、旷荡，到处是黄铜色，粗俗而美丽。我刚到悉尼时，住在邦笛海滩边的公寓，表兄锦基的家里。没有想到那里居然有那么多的毛利人居住着（本以为我是第一个呢）。不久后，我明白了为什么人们把这个地区称为"几维峡谷"，几维是新西兰的国鸟，没有翅膀。不管你走到哪里，酒吧、展览会、夜总会、饭馆子、电影院、大剧院，总能够碰上一个同乡。在旅馆顾客的喧哗声中，常听到有人叫道："你好，老乡！"

我就像一个小孩子被放进一个大玩具店中，什么都想看一看，摸一摸。泛歌拉没有这么大，也没有这么多的街道和闪烁夺目的玻璃幕墙摩天大楼。新西兰的吉斯本市的星期五之夜是无法和悉尼的克老斯街相比的，这里人们蜂拥而至，你看人，人看你，街上什么都有得买，只要有钱。

在那里我见到了同乡河那乐，他穿着一套西服。还碰到了另一个同乡蕾蕾沫阿娜，她把名字改成"罗拉·拉沫路"，染红了头发，穿着鱼网状丝袜。我无法理解锦基的态度。他一看到同乡，总要横穿马路，躲避他们，他不愿意让人看到他和同乡在一起。我可不管他，冲着同乡就打招呼："你好，老乡！"

他们按自己的理想生活着，改变了生活方式，但他们仍然是我的同乡。我估计自己同他们的想法差不多，外表也和他们相似，总是穿着皮夹克和皮长裤，纽扣、领带和首饰都同他们的衣着相配。他们会开玩笑问我："你在玩一些什么游戏？"我不明白那意思，反问道："你说什么游戏啊？"他们便大笑起来。有时我们还会在当天晚上的聚会上碰面。但当清晨的阳光打破夜晚的鬼魅时，往事涌上心头，他们便问我："大花奶奶身体好吗？阿皮拉纳老人过得怎样？你给他们写信时，别说我们是这副模样。"

为了名声、财富、权力和成功，有些同乡选择了不纯的金属，而不是黄金。有些人的生活方式完全变样了，就像悉尼大桥倒映在港湾中一样不真实。但他们依然对自己的部族抱着极高的敬意。我们隐藏过去的生活方式并不是因为害羞，而是为了使自己的敬意不受别人的干扰。南十字星周围的星光灿烂的夜空成了遮掩我们的最理想的斗篷。

　　锦基和我相处得不错。我找到了一份砌砖工,也开始玩
牌,玩牌时和新伙伴杰弗结识了。杰弗告诉我他想找人和他
合租一套房子,我便搬去和他一起住了。杰弗很和善、开朗,
喜欢笑,也轻信人言。他家在巴布亚新几内亚的哈根山区。我
告诉了他卡呼的故事。

　　我说:"你一定会喜欢她的,她长得漂亮,褐色的大眼睛,
好身材,嘴唇逗人想亲一下。"

　　杰弗急着问:"真的吗?"

　　我说:"她一定会喜欢你的。她很热情,喜欢拥抱。和她在
一起总让人高兴,而且她喜欢偎依在别人身旁。还有……"

　　可怜的杰弗不知道我是在开他玩笑。几个星期后,我添
油加醋,牛皮越吹越大,无法收场。我们的友谊就是建立在互
相开玩笑之上。

　　我已经在悉尼呆了一年多了。生活就像海浪,有时把我
吞没,有时把我推向高潮。住在澳大利亚,每天早晚总有事可
做,打发时间,我们不是在家里打牌,就是到海边去冲浪(不
过,泛歌拉的海浪更高),或者去见一些朋友,不然便搭车到
蓝山去游玩。可以说我已经融化在这种生活里了,锦基称之
为"贪图安逸的享乐生活"。锦基爱夸大其词,他过去老对我
说,他心目中的澳大利亚便是琼·瑟得蓝德所唱的《进军澳大
利亚》,一只手拿着福斯特啤酒罐,另一只手在冲浪板上平衡

身体,滑进悉尼港湾,模仿纽约的"自由女神像"。你明白我的意思了吧,这便是锦基的豪言壮语。

大哥泊罗浪击打电话来时,我还在睡觉,杰弗接了电话。一分钟后,一个枕头飞了过来。杰弗把我从被窝里拖出来,"拉威力,你的电话,等一会儿我跟你算账。"

好消息是,泊罗浪击马上要和阿娜结婚了,因为奶奶纠缠不放,一定要他们结婚。泊罗浪击笑着说:"你知道奶奶的脾气。不过你没有必要为这事赶回来,婚礼是小规模的。"他又说卡呼将在新娘前撒花。

"她好吗?"我问道。

"她已经五岁了,进小学了,还是和瑞花的部族一起住。去年夏天她说她很想你呢。"

"代我亲亲她,也亲亲奶奶。告诉所有人,我爱他们。老人好吗?"

泊罗浪击笑了:"奶奶老是唠叨爷爷,他们越快离婚越太平。"

我祝愿大哥和阿娜有一个幸福美满的生活。大哥的居丧期太长了,现在应该有一个新起点了。他放下电话之前说:"噢,对了对了,你同屋的人对卡呼很感兴趣,我告诉他,卡呼学英语拼音学得不错。"

我的天,这可不是好消息。我刚放下听筒,杰弗就来教训我了。

“你说她热情，喜欢拥抱，对不对？”

“杰弗别动气，让我解释一下……”

“褐色大眼睛，好身材，对不对？”

“杰弗，冷静一点……”我看他手中有一个湿润的苹果馅饼。

“嘴唇逗人想亲一下？”他眼里充满怨恨。

他把馅饼塞进了我的嘴里。幸亏是我昨晚做的馅饼，假如是杰弗做的话，可不会那么好吃。

不久后，杰弗也接到了一个电话，那是一个坏消息。他母亲要他回到巴布亚新几内亚。

她说：“你爸爸太自傲了，是不会给你打电话的，但他年龄越来越大，需要你到他的咖啡农场帮忙。这些年，他同打短工的都处不好。你是了解当地土人的，他们只会喝酒。”

“我不得不回家了。”杰弗很不情愿地说。他来悉尼的理由之一就是想远离家庭。他虽然深爱父母，但家庭之爱往往会使父母对子女的期望和子女抱有的理想之间产生矛盾，杰弗沮丧地说：“看来我们家的母鸡都得回窝。”

“还是自己的家好。”我答道。

他打断我的话：“你愿意和我一块儿回去吗？”

我有一些踌躇。同泊罗浪击在电话里聊天后,我一直考虑着是否应该回新西兰。然而,我当机立断地说:"当然愿意啦。我一辈子是个牛仔,哥们儿,准备马鞍吧。"我们开始整理行装,打包,做搬家的准备。我打电话回泛歌拉,告诉奶奶我的决定。

她大声问道:"你要到哪里去啊?"她总是把听筒拿得一臂之远。

"到巴布亚新几内亚去。"

"为什么?那儿的当地人吃人,你会被他们吃掉的。巴布亚新几内亚难道有泛歌拉没有的东西吗?你别在花花世界里闲逛,快回家吧。"

我含糊其词地应付她,最后不得不说:"好吧,明年夏天我会回家的,我发誓了。"电话的另一端是一片寂静。"喂,喂?"

老人接过了话筒,大声说道:"是拉威力吗?你刚才说啥了?奶奶在哭呢。"接着他们俩开始抢话筒,奶奶又回到了听筒边,气冲冲地说:"我有嘴巴,自己会说。"

然后,她语气变得柔和,充满着思念之情:"好吧,你去巴布亚新几内亚吧,小家伙。但记住,别对明年夏天发誓。不然,我会天天望着大路,到汽车站去等你的……"

眼泪使我的视线模糊了。我可以想象到奶奶在炎炎赤日下,走向车站,卡呼在她身边蹦蹦跳跳,她们会坐在路边,看着车子经过,然后向每个经过的汽车司机询问……

"我们都爱你。"奶奶说。

她好久不放下听筒,我等了一会儿,又一会儿。奶奶终于放下了电话。

11

　　在南太平洋的巴布亚新几内亚，我和杰弗一起呆了两年，这两年都是丰收年，但他们一家并不总是快活。

　　我们刚到时，杰弗的父亲无法到首都莫尔兹比港来接我们，但他母亲克拉拉来了。杰弗告诉她我是毛利人，但我的肤色显得太黑了一点，有一点像巴布亚新几内亚的"当地土人"。我一走下飞机，便听到她说："我的天，这让我怎么同桥牌俱乐部的女人们解释啊。"但她很有礼貌，动作优雅，在到哈根山区的飞机中一直滔滔不绝。

　　杰弗的父亲汤姆则很不一样，我第一次见到他时，就很喜欢他。他是一个白手起家的人，没有因为慢性病而失去信心。但他明显需要儿子的帮忙。我仍然记得刚见他时的场景。他站在阳台上，拄着两只拐杖。没有因为无法自由行动而感到尴尬。杰弗向他问候时，他简单答道："你好，小家伙。回家来了，太好了。"

汤姆得的是帕金森症，几个星期后我发现，这病不仅损害了他的躯体，也使他几乎失去一半的视力。

当然，杰弗必须成为他父亲的双手、双脚和双眼。汤姆在家中发号施令，杰弗在咖啡农场里实现他的愿望。我是习惯体力劳动的，往手中喷一口唾沫，便可大干一场。

要把咖啡农场整顿得像个样子可不是一件容易的事，乡村生活是一种挑战。我从未见到任何一个国家的人像巴布亚新几内亚人那样艰苦奋斗。这里的高温实在让人难以适应，整天汗水从头流到脚。地质坚硬的高原和峡谷如同坩埚一般，各个部族间都互有矛盾。我们苦干了一阵后，大地给了我们一些安慰，但那安慰是短暂的。人们可在大地上刻上自己的标记，但一不小心，大地马上会抹去那些象征人类虚荣的符号。

有时当人们生活美满时，会忘记别处的生物也像变色龙那样不断变化着。举例说，我曾经对在巴布亚新几内亚国内风靡的民族主义思潮感到吃惊。政府想把民族特性和习俗移植到早已殖民地化的大地上，但忘记有很多困难存在着。首先，巴布亚新几内亚中有几百个部族，有几千种方言；其次，这个国家受到了各种外来影响，其中包括邻近的西依里安群岛;而且,新科学技术使人们一生中不得不经历一千年的变化,即从缠腰布的生活方式一步跳到三室一厅的西式公寓和计算机时代。

从很多方面来说,这同新西兰毛利人的处境相同。所不同的是我们毛利人不必经历一千年的变化。但我们的旅程可能更艰难,因为我们不得不寻求欧洲人价值观的认可。我们是少数民族,我们的发展必须依靠欧洲人的支援。就像巴布亚新几内亚一样,毛利的民族主义思想无疑也刺激着毛利人,使他们想成立一个毛利国。

在澳大利亚和巴布亚新几内亚的生活使我更清楚地认识到自己是一个毛利人,这个认识也帮我走向目的地。我不知道这是否同卡呼的命运有关,但在我成熟的同时,她也在成长,并在走向她的目的地。在合适的地方和合适的时间,她会完成命中注定的职责。从这个意义上来说,她无疑是最适合承担这个命运的人。

我大哥泊罗浪击爱写信,把家中发生的各种事告诉我。他作为未来族长的威望在上升,我也很感谢他像族长那样让我知道,尽管我背井离乡,但家乡的人们并未忘记我。阿皮拉纳老人已经开始了第二个训练班,从居住在海边的年轻人中招收。他认为泊罗浪击会成为我们下一代的族长,承担领袖的职责。但他仍要寻找一个"合格的人",作为将来的族长。泊罗浪击诙谐地写道:"他要找一个男孩儿,一个能从石头中拔出剑的人,是神灵指定的接班人。但至今为止还没有一个人能够使他满意。"

不久,泊罗浪击的另一封信让我高兴得跳起来。阿娜建议卡呼回泛歌拉和他们一起生活。

那时卡呼已经六岁,瑞花的母亲同意她回到我们的部族中。泊罗浪击写道:"你应该来瞧一瞧我们在汽车站激动的模样。卡呼下车时,我们几乎认不出她来,她长得那么高了。她和我们每个人拥抱后,开口就问:'老家伙在哪里? 他没有来吗?'奶奶说他去捕鱼了。她便在海边等他整整一天。他一回来,她就跳到他的怀抱中。你知道老人的,他总是那么生硬。不管怎么说,卡呼回到我们身边,实在太好了。"

泊罗浪击在信中谈到了毛利人面临的各种困难。他和卡呼曾一起访问拉舞卡瓦地区,对当地青年如何组织起来迎接二十一世纪的挑战而感到钦佩。他写道:"我们是否有这样的准备? 我们是否能使大家迎接新挑战和新科学技术? 他们是否仍然保持毛利人的特性?"可见他被最后的疑问苦恼着。从这方面来说,我们俩都希望老人成立的训练班会给我们带来答案。因为他是唯一能够把神圣知识教授给我们的人。我们的祖父如同一头老鲸鱼,对陌生的新时代一筹莫展,但这是他在现实生活和通向未来的潮流中应扮演的角色。

在巴布亚新几内亚生活的第二年中,我和杰弗有了喘一口气的时间,便决定去马奴司岛旅行,在环礁湖内潜水。在美丽的蓝色水中,我从礁石上拣起一个发亮的银色贝壳。回到海岸后,我将贝壳的漩涡纹贴在耳朵上,倾听大海对我的低语声。

这时,杰弗说出了在我胸中徘徊了几个月的心事。

"拉威力,你想家了,对不对?"

我回答:"有一点儿。"咖啡农场里有很多事让我头疼,我很想避免冲突。杰弗和我相处得不错,但他的父母把他慢慢地推向一个"合适的"方向,使他能够和俱乐部的同龄人及有上进心的移民和睦相处。这便使我同更多的"当地土人"有了接触,如农场的伯纳德,他比克拉拉胖了好几圈,还有乔舒亚等人。与他们接触是违反移民的常规的,会遭人白眼。

杰弗说:"我们已经相处很久了。"

"是啊,我们还会结伴下去的。"

他又说:"我感谢你为我做的一切。如果你想回家,我是能够理解的。"

我微笑了,然后进入了沉思。我把贝壳又放回耳边——

"回家吧……回家吧……回到故乡去吧……"

第二天,杰弗和我回到了咖啡农场,泊罗浪击的又一封来信正等着我。阿娜不久将生产,整个大家族都希望是一个男孩子。他写道:"我们当中,卡呼是最兴奋的。老人也高兴得不得了。"

这封信让我意识到自我离开家乡后,已有很多春秋流逝。我感到了一种急迫的渴求,想拥抱我的亲人们。这个渴求就如一把铁钳子钳住了我的心。

"回家吧……回家吧……回到故乡去吧……"

后来发生的三件事使我终于决定返回故乡。杰弗和他的父母被邀请去莫尔兹比港参加一对移民夫妇的婚礼。克拉拉一开始就认为我应留在农场,照看家里的事务。但杰弗说我是他们中的一员,坚持要我也去参加婚礼。克拉拉的态度表明她为我的长相害羞。这令我难过。在婚礼上,她告诉其他客人说:"他是杰弗的朋友。你们知道,我家杰弗总是把迷路的猫狗带回家来。不过,拉威力不是当地土人。"她的微笑像一把刀刺进我的心。

然而,这不过是在回哈根山区路上发生的悲剧的前兆而已。我们取回了停在机场的小型旅行客车,由杰弗驾着回农场。我们都很兴奋。月光把道路照得银亮。突然我见到一个人在我们车前的转弯处行走。我以为杰弗也看见,会绕开他,但杰弗笔直往前行驶。

这个男人突然转过身来，举起双手要保护自己。车头猛地撞上他的大腿和脚部，他的身体如弹弓丸一般射向车窗，把玻璃砸得粉碎。那人的身体又被弹到十米之外，重重摔向地面。在车灯前，那身体动弹了一下。克拉拉尖叫起来。汤姆说："哦哦，我的上帝。"

我想下车看一个究竟，但克拉拉叫道："别下车，他部落的人马上会来报复的，马上会来的。他不过是一个当地土人而已。"

我挣脱她的手，想下车，汤姆也高声说："看在上帝的份上，拉威力，理解我们的想法吧。你已经听到过好多这样的事了……"

我无法理解他们的恐惧心。我看着杰弗，他只是坐在那里，被吓得麻木了，看着车灯下的身体痛苦地蠕动着。他突然啜泣起来，启动了马达。

我声嘶力竭地叫道："让我下车！让我下去！什么'土人'不'土人'的，那是伯纳德！"老乡便是老乡，怎么能够扔下不管。

我猛地拉开了车门。克拉拉对杰弗说："我看到他们来找我们算账了。"一些人影出现在道路上。她疯狂地高声叫道："别理他，快走，快走！"

小客车从我身边飞驰而去，我永远忘不了杰弗苍白的脸,毫无血色,万分惊恐。

第二件事发生在警察结束对车祸的调查之后。伯纳德当天就死在道路上,即使我们把他送进医院,也很难说他会得救。当然这是一桩事故,一个当地人走路不小心,一片乌云恰好遮盖了月亮,那人本不应该在那里行走的。这种事故会发生在任何人身上。

我对杰弗说:"我不怪你,在那种场合,你身不由己。"我心中想的只是那年轻人死得多惨,可惜的是经过一千年而造就的生命,就那么丧失在月光下的道路上。大地一定为新世界中的一个希望、一个儿子的惨死而哀伤。让我痛心的是,我的朋友居然会如此墨守他的传统成规。我会不会是下一个替死鬼? 这里已经没有我可留恋的东西了。

这时我又收到了泊罗浪击的信。他们的新生儿是女孩子。老人大失所望,又责怪起奶奶来。他的信中附加了另一封信,那是卡呼写的。

"亲爱的拉威力叔叔,您好吗? 我们在泛歌拉都很好。我现在有了一个小妹妹。我非常喜欢她。我现在是七岁。您可不知道,我参加学校的毛利文化表演,站在第一排。我会跳'掷球舞'。您不在,我们都很孤单。可不要忘了我。送上我的爱,天人卡呼提阿。"

在卡呼的信下方,奶奶用一个字表示了她对我长期离开泛歌拉的不满——"乓！"

一个月后，我将坐飞机离开哈根山区。杰弗和我很动情地告别分手，但我早就感到了咱们之间的紧张关系。克拉拉彬彬有礼、优雅，和往常一样。汤姆坦率、热诚。他说："再见了，随时来访问我们吧，我们总是欢迎你的。"

杰弗也诚恳地说："对，我们总是欢迎你的。"

飞机开始上升，在风中摇摆。好不容易才稳住身体，穿过云雾。

啊，对了。这些奇形怪状的云雾便是第三件事，它就像我一个月以前在山区看到的那样。云雾如同海水一般上升，透过云雾，一个暗色的影子从远方靠近而来，慢慢下降。飞机飞得越来越低，我看清了，那是一头巨大的鲸鱼。头部上有一个神圣的印记——漩涡状刻印，它在闪烁。

"聚集一方……聚集一方……如愿以偿……"

12

我回到家后，全家人欢天喜地。奶奶对我长期不回家很不满，她说："我真不明白当初你为什么要离开，你现在不还是回来了吗？"

"奶奶，我知道你想说的是，外面有的东西泛歌拉都有。"

她一巴掌打过来："别开我的玩笑。"然后恨恨地瞪着老人。

老人忙说："我可没有说一句话啊。"

"但我可以猜到你在想什么。我知道你也在嘲笑我，你这个老家伙。"

老人漫不经心地哼着声。

奶奶发脾气之前，我拥抱了她。她的身体比过去宽大多了。我亲吻了她，然后说："我不在乎你不高兴，我可太高兴见到你了。"我给了她在悉尼换飞机时买的礼物。我以为她会高兴,她仍然给了我一巴掌:"你以为你很聪明啊。"

我不禁发笑了:"我怎么知道你长胖了那么多。"我的礼物是一件漂亮的连衫裙。但尺寸整整小了三圈。

下午,我瞅着窗外,卡呼放学了,从路上跑过来。

我走到阳台上看着她的到来。我真不敢相信几年前她的脐带就被埋在这附近。七年时光就飞得如此快吗?我喉咙口发酸。

她看见了我:"拉威力叔叔,您回来了!"

一个幼儿完全变了样。她眼睛像小雌羚羊,长长的腿,漂亮的脸蛋,笑声中带有感人的色彩,头发蓬松,好不容易梳成两个小辫子,穿着白裙子和凉鞋。她沿着楼梯跑上来后,用两手抱着我的脖子。

"您好!"她一边喘气,一边说。

我紧紧地抱住她,闭上双眼。我这才意识到自己是多么想念这孩子。这时奶奶走过来对卡呼说:"好了,发嗲发够了。你和我都是干活的人,快过来。"

卡呼笑着对我说:"大花奶奶和我开了一个蔬菜园。我每个星期三都来这里帮忙,她可以从老人那里脱身。"然后,她喘了一口气,拉着我的手,走向后园的小棚子。

奶奶叫道:"别在那里待太久,这些土豆等不到晚上。"

卡呼挥手表示明白了。我一边跟着她走，一边为她说话滔滔不绝而吃惊。"我现在有一个小妹妹，她真是我的宝贝。她叫小花，是取自大花奶奶的名字的。您知道吗，我今年在班上成绩是最好的，我还是文化表演班的领队。我喜欢唱毛利歌。您能教我弹吉他吗？真的？太好了！爸爸下班后，晚上会和阿娜来看您的。您给我买了礼物，是吗？礼物在哪儿呢？在哪儿呢？过一会儿再给我吧。我要您先看一看这个……"

她打开了小棚子的门。我看见银色的金属光。她又用双手围住我的脖子，亲了我一下。那是我的摩托车！

"曾奶奶和我每个星期都为它扫灰。她扫灰时总是哭，又怕眼泪弄湿了它，会生锈。"

我无法抑止住感情了，热泪涌了出来。卡呼拍拍我的脸说："别哭了，别哭了，一切都好了，拉威力叔叔，您看，您现在在家里了。"

那天晚上，大哥泊罗浪击来了。全家人中他的变化最大，他显得苍老了。他和阿娜让我看小花，他们显得很自豪。

老人大声说："又是一个女孩。"泊罗浪击不理他。我们都早已习惯他的牢骚了。

奶奶说："住嘴，当今的女孩子，什么都能干，你难道不知道歧视女性是犯法的吗？她们会把你关进牢房的。"

老人说："我可不在乎女人，她们还没有权力呢。"

奶奶说:"你这个老色鬼。"然后模仿他漫不经心哼声的样子,我们都吃了一惊。

那个晚上,我们家开了一个大晚餐,有毛利面包、龙虾、好多葡萄酒。奶奶还邀请了我的伙伴们,伴随他们而来的是摩托车的喧闹声、蓝色烟雾和汽油味。这一切使我感到我仿佛从来没有离开过这里。吉他声伴随着歌声,天上的星星都手舞足蹈。奶奶如鱼得水,俨然是一家之主。我的一个伙伴和奶奶一起跳起夏威夷舞蹈。他兴奋地说:"瞧,她是我们泛歌拉的女王!"

大家高声笑起来。卡呼跑过来:"叔叔,您瞧,我们多爱您,我们宰了最肥的小牛,就像《圣经》中说的那样。"她拥抱了我一下,然后又跑开了。

泊罗浪击关心地问我:"回家是一件好事,对不对?"

"对,实在太棒了。家里都好吗?"

他答道:"还是和过去一样,你是知道老人的,他还在寻找呢。"

"找什么?"

"找一个能够从石头里拔出剑的人。"他无奈地笑了笑说,"他又训练了一些男孩子,其中一个可能有希望。"

泊罗浪击沉默了。我看见老人坐在椅子上,前后晃动。卡呼走到他身边,把手放在他的掌心,他把她推开了。吉他声依然回响着,她却消失在夜色里。

接下来的几个星期中,我意识到老人的寻求明显是一种"鬼怪缠身"。自卡呼的妹妹出生后,他变得更迫切和专心致志。也许是因为知道自己时日无多,他希望在眼前这代人中找到一个称职的接班人。在拼命寻找时,他把最爱他的卡呼撇在一边儿。

卡呼今天来报告说,她在毛利语课上得了第一名,但老人并不把她当一回事儿。奶奶说:"他以为他最了不起……我真不明白为什么这丫头那么喜欢他。"

"我知道为什么。记得她咬了他的大脚趾吗?还记得她说'别把我放在训练班外'吗?"我答道。

奶奶耸了耸肩,"不管怎么说,卡呼一定是不怕惩罚的人。这可怜的孩子。都怪我的母丽外血统。哦,米希哟！"

米希·刻土苦土苦是奶奶的表妹塔·爱如爱如的母亲,我们都喜欢听她的故事。她曾是一个大族长,来自远古的阿帕奴依部族,奶奶的部族也是这个名字。我们最喜欢听的故事是,有一次米希站在罗投如阿的圣地里,一个小族长对她愤怒地吼道:"你不许站着,坐下。"因为女人是不可以站在圣地里说话的。但是米希说:"不,你坐下,我的血统比你高贵。"说完后,她背对他,弯下身,撩起裙子说:"别忘了你是从哪里来的。"米希是在提醒所有的男人不要忘记他们是由女人生下的。

一天，我们坐在阳台上聊天，讲卡呼变得多么漂亮，内在和外在都美。她坦率，没有妒忌心。这时我们看见老人正走向训练班，有几个男孩子在等他上课。

奶奶讽刺道："那群家伙中会出现泛歌拉的豪杰？咱们走着瞧吧！"

我们突然看到卡呼从另一方向漫步而来，垂头丧气，闷闷不乐。但她一看到老人后，马上容光焕发，跑向他："哦，老家伙！哦，我的老家伙！"

他背对她说："快回家去，你这没用的丫头。"

卡呼愣着不动。我以为她会哭，但她不过皱皱眉头，显得很不服气，我仿佛可以听见她在对自己说："等着瞧吧，老家伙，你等着瞧吧。"然后，蹦蹦跳跳地跑开，好像什么都没有发生。

我很幸运，在镇里找到了一份工作，是在木材工场装卸及运送订购的木材。每天早上我骑摩托车经过泊罗浪击家时，总要按一按喇叭，告诉卡呼该起床上学了。然后等待她的脑袋从窗口伸出，表示她已经起床。她会说："谢谢，拉威力叔叔。"我便身带马达声，飞驰而去。

有时下了班后，我会看见卡呼在大路上等我。她解释道：

"我是来迎接您的。大花奶奶今天不需要帮忙。我能坐上您的摩托吗？真的？太棒了！"然后，她爬到我背后，紧紧抓住我。在回村子的路上，我被卷进她独特的对话中去。"叔叔，您今天过得怎么样？……我除了算术以外，别的都不错。咳！爸爸说，我如果想进大学，不喜欢的科目也必须学好。叔叔，您进过大学吗？老爷爷说女孩子进大学是浪费时间……有时我希望自己不是女孩子，那么老爷爷会更喜欢我。不过，我不在乎……叔叔，当男孩子是什么滋味？您有没有女朋友？我们学校有一个男孩子，老跟着我。我让他去跟琳达，因为琳达喜欢和男孩子在一起玩儿……我早有一个男朋友了。不，是两个。不，是三个。老爷爷、爸爸和您……在澳大利亚时，您想我吗？您喜欢巴布亚新几内亚吗？大花奶奶说当地人会把您放在铁锅里煮着吃掉的……大花奶奶真了不起，您说不是吗？……您没有忘记我？真的没有忘记？……好了，谢谢带我坐摩托，拉威力叔叔……明天见！"然后，她胡乱地亲了我一下，给我一个拥抱，白色的裙子随风飘动，走远了。

不久，学校的期末来临，假期的庆祝会将在星期五晚上举行。卡呼向整个大家庭发了请帖，还邀请了我的伙伴们。请柬上写道："我衷心欢迎您参加学校的表演会，希望您能够参加。不必特意回信告诉我是否参加。送上我的爱，天人卡呼提阿。又及：请不要穿夹克衫，这是一个正式的场合。又又及：请把摩托车停在公共停车场,不要像去年那样停在校长的驻车地。不要再让我为男了。"

表演会的那天晚上,奶奶一边穿衣服,一边问我"为男"是什么意思。

我说:"她是想写'为难'吧。"

"是吗? 你看我穿得怎么样?"奶奶问道。

她很为自己骄傲,她把我送给她的裙子放大了,还加上了黄绿色的边。奶奶是色盲,以为那是红色的。我深吸一口气,勉强说:"您像女公爵。"

她有些不高兴:"我不像一个女王? 再换一下吧。"

咳,别选那顶帽子啊,三十年代时那很时髦,现在可不了。她在身上这里加一点,那里添一些,就像她的蔬菜园子。

我又勉强地说:"真是十全十美。"

她羞涩地笑了。我们走到了泊罗浪击的车子边,卡呼兴奋得脸上发光。

卡呼对奶奶说:"您真好看,不过您的帽子有问题。来,坐在我旁边,亲爱的,我帮您弄弄帽子。"她为奶奶腾出了座位。

泊罗浪击轻声地对我说:"你怎么不叫她换身衣服,选其他的帽子?"

我大笑起来。后座上,卡呼正在给奶奶的帽子上插羽毛、小花和海藻之类的东西。有趣的是,这些杂乱的东西反而把那顶帽子弄得像样了。

学校的大厅很拥挤,卡呼带我们坐到她为我们指定的座位。奶奶的椅子边有一个空位子,写着"预约"两个字。

卡呼说:"这是给老爷爷来时坐的。……快看,那些伙伴们,穿得真漂亮。"在大厅后面,我的伙伴们都身陷在西装革履中。

奶奶戳了一下泊罗浪击的肋骨:"是不是你让卡呼要求他们这么穿的?"

他轻声答道:"我可没有那个胆量。"

整个晚上,奶奶旁边的位子都空着,就像一排牙齿中豁了一颗。卡呼参加了所有的表演,有歌唱,有短剧,还有体操,每表演完一个节目,总要跑过来问我们:"老爷爷还没有来吗?他要错过最精彩的部分了。"

下半场的节目开始了。卡呼穿着毛利的紧身围腰裙,自豪地站在文化表演队的前方。她对大家发命令:"手放在臀部边,开始!"她一边唱,一边对我们微笑,那笑容是多么灿烂!那歌声中充满了骄傲感。

我无意中听见人说:"那小姑娘真了不起。"但是,我的心在为她疼痛,想离开座位。奶奶紧抓住我说:"我们必须坚守到底,不管愿意不愿意。"她的嘴唇颤抖着。

歌曲一首接一首,卡呼明显意识到老人是不会来的。照在她脸上的舞台灯光逐渐变暗,只有一只小灯泡在摇曳。文化表演结束时,她低头看着地板,回避我们的视线,好像很害羞,那脆弱的一面使我更疼爱她了。

我们拼命鼓掌,给她鼓气。她用一个敏感的微笑来回答我们。校长走上了舞台宣布,本校的一个学生获得了"东海岸小学生演讲比赛奖",现在这个学生要给我们大家演讲,而且演讲全是用她的母语——毛利语进行的。他把天人卡呼提阿介绍给大家。

奶奶问泊罗浪击是不是早就知道。他说不知道,但记得卡呼曾说要给老人一个意外的礼物……

在同学们的鼓掌声中,卡呼走到舞台前方,面对老人的空席说:"我们的族长,我们的部族,大家好!"她眼里闪烁着星光,仿佛是眼泪的光泽,"尊敬的客人们,听众们,我的讲演是表示我对曾祖父阿皮拉纳老人的爱戴。"

奶奶开始啜泣,眼泪在脸颊上流淌。

卡呼的声音清晰、温柔,述说着她对老人的爱戴和尊敬。她自豪地背诵了我们的家谱,对能够生活在泛歌拉表示感谢。她又说,她生活中的主要目的是实现老人和部族的梦想。

我真为她感到骄傲,太骄傲了。但也为老人没有到场听一听她对他的爱而感到悲伤。我想大声对她说:"你的讲演太好了。"她并不总是很勇敢,而且非常希望得到阿皮拉纳老人的支持,但他从不帮助她。演讲结束后,我跳出座位,为她表演武术舞蹈"哈卡",以表示对她的支持。我的伙伴们也参加进来。奶奶把鞋子踢开,吟诵道:"假如你问我会堂之名字,我会告诉你,那就是卡泥。"在悲伤和喜悦的交杂中,我们都赞扬卡呼,但深知她的心中渴望的是阿皮拉纳老人。

回到车中后,泊罗浪击对卡呼说:"老爷爷今晚实在来不了。"

"没关系的,爸爸,我不在乎。"

奶奶紧紧拥抱她:"告诉你,卡呼,明天我就和他离婚,我们分道扬镳!"

卡呼的脸靠着奶奶的下巴,声音干燥,带有挫折感:"大花奶奶,这不是老家伙的错,都怪我是一个女孩子。"

13

学校表演晚会结束后，一晃两个星期过去了。阿皮拉纳老人带着几个男孩子到海上去讲课。一大早，他就让他们坐上他的小船，划向海中，在海水明显变成深绿色的地方停下了。

太阳从海面升起了，阿皮拉纳老人开始祈祷。然后，他将手中的小石雕扔进海里。男孩子们一直看着，直到石雕完全消失在深水处。

老人说："你们之间有一个人必须把它捡回来。现在就潜下去。"

男孩子们很想炫耀自己的能力，但石雕掉入的地方实在太深。他们有的害怕海底的黑暗，有的无法潜入那深处。尽管他们很勇敢，但都失败了。老人无精打采地说："好了，孩子们，你们尽力了，咱们回家吧。"

回家后，他把自己关在卧室中，一直不出来，一个人开始哭泣。

卡呼和我一起坐在阳台上，她问道："老爷爷怎么了？是不是为了那一块小石头？"

我吃了一惊："你怎么知道的？"

"一个男孩子告诉我的。我真希望让老家伙快活起来。"她眼中流露出严肃的表情。

第二天，我很早就起床了，想坐上小艇去海中。没想到，卡呼已经等在门口了。白色的裙子，一双凉鞋，辫子上有几个白色的蝴蝶结。

她问道："拉威力叔叔我能和你一起去吗？"

我能说不吗？我点了点头。准备就绪，刚要出发时，奶奶大叫："喂，等等我！"她决定和我们一块儿去。"我真受不了老家伙那伤心的模样。咳，今天真是一个好天，阳光灿烂。"

我们离开了海湾，卡呼又问起那块石雕。

"什么石雕？"奶奶说。

我便告诉她昨天发生的事。她也想知道石雕扔在哪里。我们的小艇驰向海中，停在海水变成深绿色的地方。

"我的天，怪不得那些男孩子捡不回石雕。这里好深啊。"奶奶说。

卡呼问我:"老人真的要这块石雕吗?"

"他当然是要的,这老家伙自作自受,活该……"

卡呼简单地说了一句:"那我把它捡回来。"

没等我们反应过来,她已经站起身,一头扎进海里。直到这时,我还不知道她会游泳。

奶奶张大嘴,说不出话来。好不容易吸了一口气,大叫:"别去找那石雕!"她戳着我的腰说:"赶快跟着她,拉威力。"奶奶实际上把我推到了小艇的边缘。

"快给我潜水罩!"奶奶把潜水罩扔向我,我马上戴在脸上,深呼吸三次,像鸭子一样潜下去了。

我没有看见她,海中是那么空旷寂寞。只有一条有毒的小鳐鱼游向一块礁石。突然,我吓坏了,那鳐鱼转过身体,对我微笑,还向我招手。那是卡呼!白裙子、凉鞋,小辫子在头边浮动。

我透不过气来,呛了一口海水。头伸出海面后,我又咳嗽,又吐唾沫。

奶奶大叫:"她在哪里?是不是淹死了?哦,我的卡呼啊!"还没有等我说一句话,她也跳进海里,落在我身边。水花四溅,仿佛海水都要溢出了。不等我说一句,她夺下我的潜水罩,往自己脸上戴。然后想潜下去,但她裙子灌满了空气,不管怎么尝试，总像一只气球浮在海面，两脚空蹬。我怀疑她是否能够潜下水，因为她实在太胖了。

她又叫了起来："哦，卡呼哟！"这时，我告诉她应深呼吸。她顺着我手指的方向往海面下看。

我对下面指了指，我们一起潜了下去，卡呼正在珊瑚礁中漂游，搜寻。奶奶的眼睛睁得很大，难以相信。

看来卡呼很难找到石雕，一些白色影子从黑暗中快速冲出，游向她。我想那是鲨鱼，奶奶也恐慌地直吐泡沫。

那是豚鱼。它们在卡呼身边转，好像在和她对话。她点了点头，一把抓住其中一个。它们闪电一般地飞速把她带到另一块珊瑚礁边，停下了。卡呼好像在问："是在这下面吗？"豚鱼们点了点头。

卡呼马上潜下去，摸到了什么，拿起来仔细瞧瞧，似乎满意了，又回到豚鱼身边。卡呼和豚鱼们开始朝我们的方向上升。在途中，她亲了亲豚鱼们，同它们告别了。然后又潜回珊瑚礁，这一着可简直要让奶奶发心脏病了。卡呼抓起一只大龙虾，然后向海面上升。豚鱼们消失了，像一个银色的梦。

卡呼出现在我和奶奶之间，我们正在踩水。她把头发捋向脑后，甩掉脸上的水。在海水中，奶奶一边哭，一边紧抱着她。

卡呼笑着说:"大花奶奶,我没问题。"

她把龙虾交给我们:"这是老家伙的晚餐,你们把这石雕交给他。"

她把石雕放在奶奶的手掌里。奶奶飞快地瞟了我一眼。我们游回小艇时,奶奶说:"这石雕的事,绝对不许告诉老家伙!"

我点了点头。我回头望着远处的海滩,骑鲸人派克阿的雕塑仿佛是在预言未来。

我们上岸后,奶奶又说:"拉威力,不许对任何人说这石雕和卡呼的事。"她抬头望着派克阿,她又添上一句:"老家伙还没有思想准备呢。"

大海因期待而颤抖着。

"聚集一方……聚集一方……如愿以偿……"

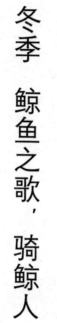

冬季　鲸鱼之歌，骑鲸人

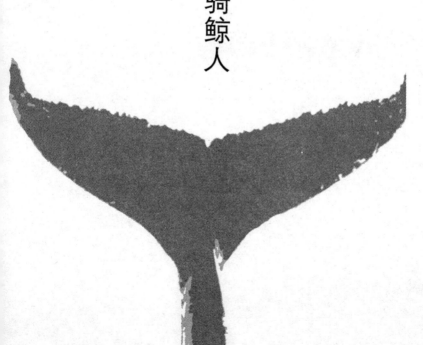

14

海水中,沉闷的雷霆隆隆吼叫,如同打开一扇通向远方
的宏门。海上突然回响起庄严的歌声,这是大海奉献给大地
的永恒之歌。一头巨鲸,冲出海面,头部坐着骑鲸人,他显得
如此高贵。

骑鲸人来自东方的圣岛,他对鲸鱼说:"我的伙伴,我们
必须把生命的礼物带到新土地上去。我们要播种新生命,使
它们开花结果。"他们的旅程将会漫长而艰巨,但鲸鱼充满喜
悦,因为在游向南方的旅途中,他们可以相依为命。

后来,他们终于来到了名叫泛歌拉的新陆地。金色骑手
从鲸鱼身上走下,把自哈瓦以基带来的礼物献上了。此后,大
地和海洋都充满了生命。

公鲸在泛歌拉附近的海水里休憩,喘息。时间像海浪
一般快速流过,他第一次尝到了分离的滋味。金色主人找

到一个女子,结了婚。时间流逝如梦。一天,金色主人来到巨兽身边,眼中带着哀伤的神情说:"伙伴,这是最后一次骑你了。"

在喜悦、愤怒和绝望中,鲸鱼把金色主人带入从未到达过的深处,对他唱着怀念圣岛和友谊的歌曲。但主人决心已定,游完后说:"我在这里有许多东西,不久还会有孩子。我把将来寄托在这里了。你回到淌歌若阿的王国去吧,回到你们的鲸鱼群中去吧。"

公鲸总难以忘怀这痛苦的离别,不断回忆起他们最后的告别仪式——额对额,鼻贴鼻。

南极洲是世界的生命之泉。那是冰冻大陆,刮着狂暴的风雪;冰川下,暴风雪无法到达,海底世界如此平静,如仙境一般。阳光温柔地撒在冰层上,给海底王国带来了天堂般的光芒。从海面延伸下的巨大冰柱闪烁发光,七色光谱犹如海底大教堂的水晶灯。冰块断裂,呻吟,战栗,喃喃自语,发出如手指飞快掠过琴键时的轻快声。巨大的管风琴奏出了宏伟的交响曲。

在冰柱教堂内,鲸鱼群以无比优雅、神圣的姿态列队行进,边游边附和着自然交响乐,唱着赞美歌。他们的动作缓慢、抒情,与巨体不相称。他们的尾巴轻柔地拍打着海水,向南方行进。周围和上方，海狮、企鹅和其他南极居民们奔跑、旋转和滑行，跳着优雅的华尔兹舞。

鲸鱼们无法再向前移动了，他们的音响探测功能察觉到前面除了坚固的冰壁以外，别无他物。困惑的老鲸发出了一串和音，哀求帮助。假如金色主人在身边的话，他会指出行进的方向。

突然水底下照射过一道光来，把周围变成一个贴满镜片的大堂。在每个镜片上，老公鲸都看到自己身上坐着金色主人。他快速转身，使冰片纷纷流下，如同小矛形成的瀑布。老母鲸们向老公鲸发出警告说，这里已是身处遥远的南方。他们第一次到达如此偏僻的地方，四周镜片仿佛是水晶墓地。她们不断提醒首领情况的危急。

南极光在冰上世界嬉戏，折射的光彩使老鲸陶醉在梦幻里。他背对南极，随光而游。加速时，他的震动力牵引下更大的冰川瀑布。长达二十米的身体失去了自行调节的灵活性。

鲸鱼群跟随着他，在冰川瀑布中穿梭。他们看到首领上升到海面，在明星点缀的海上东张西望。他们感到悲伤，因为通向危险岛屿的旅途已经开始，首领完全沉醉在对金色主人的梦幻之中。在鲸鱼部族的漫长家谱和传说中，老公鲸的心中深深打上了金色主人的烙印。最后的旅行开始了，其目的地便是坟墓。

南极光仿佛是女性死神,在大地上闪耀蠕动。鲸鱼们在南海中敏捷游动。

"聚集一方……聚集一方……如愿以偿……"

15

　　卡呼捡回石雕后不久，一天清晨，一个年轻人在离泛歌拉不远的外奴衣海滩跑步时，发现海浪异常起伏。他后来描述道："地平线突然变成了汹涌的波浪，一直朝海滩冲来。"看着看着，他意识到巨大的鲸鱼群正游向海岸。他告诉《吉斯本时报》说："他们一个接一个地游上海滩，不再回到海中去。我急速跑到防浪堤下去。在我周围，鲸鱼们在窒息，在叹气，发出了奇怪的让人难以忘记的声音。然后从头部喷出水来。咳，我当时几乎要哭了。"

　　这消息马上传到城里，当地电台和电视台的记者蜂拥而至。一个职业摄影师雇了一架直升飞机，来到现场。他拍摄的镜头使我们至今仍然记得那场景。三公里的海岸边躺着二百多头鲸鱼，有公的、母的，有年老的、年幼的，在清晨的新鲜空气里等待死亡。海水在他们身上溅起浪花后，又离开奄奄一息的身躯。海滩上人影点点,都被这悲剧吸引而来。直升飞机的飞行员面对如此场景,嘴巴颤抖,眼中含泪说:"我曾经参加过越南战争,也在南岛当过猎鹿人。但我现在觉得世界的末日已经来临。"

新闻报道的一连串镜头给我们留下了终生难忘的记忆。摄像机前,一头鲸鱼被海水不时托起。一辆拖拉机停在旁边,他横躺着,鲜血从嘴巴里冒出,仍然在挣扎。

五个男人正在解剖他,他们身上溅满了鲸血。当直升飞机在头上盘旋时,其中一人停下手,对着摄像机镜头微笑,得意洋洋,举手做了一个表示胜利的手势。摄像机聚焦在他手中的链锯上,然后又对准了其他四人,海水在他们周围澎湃。链锯正好切断鲸鱼下颚部,他们笑着把链锯从鲸鱼身上抽出,鲸鱼下颚突然离开他的躯体,鲸血大量喷射出来。他们就站在暗色的血川中。

血,微笑,绞痛,胜利,血……

这个屠杀场面令海岸边的居民悲伤、气愤。有些人会说,在毛利人的传统中,搁浅的鲸鱼是神灵们捎来的礼物,因而屠宰行为是可以宽恕的。别的人则感到自淌歌若阿王国以来对这巨兽所抱有的爱。这不是在众多鲸鱼中只屠杀一头的问题,而是二百多头鲸鱼所代表的鲸种正在灭绝的问题。

这时卡呼正好满八岁,老人和泊罗浪击在南岛开大会。我打电话告诉他们这里发生的事。老人说:"我们已经知道了。泊罗浪击打电话问机场下次航班是否有座位。但天气糟糕,飞机无法起飞。你马上去外奴衣。这是神灵给我们的启示,不管我们愿意不愿意。"

新闻报道在电视上播出时,幸好卡呼正在睡觉,我知道她和大海的亲密关系,对奶奶说:"今天最好不让卡呼出门,别让她知道发生了什么。"奶奶两眼发光,点了点头。

我坐上摩托车,找伙伴们去了。他们都还在睡觉,我看到了他们的另一面。譬如说,一个人面朝下睡,口中含着拇指。比利满头卷发的夹子,嘴里叼着香烟。另一人和衣而睡,摩托车也同床。

我对他们说:"哥们儿,快起来,有事干了。"我们在十字路口集合,加大摩托车油门,出发了。我们没有走大路,而是绕田地和海滩,抄近路,像小矛一样飞去营救鲸鱼。我们在田野里驰骋,风对我们细语。比利领路,大家跟随。他很聪明,知道所有近道,怪不得警察总是抓不到他。我们越过栏栅,在牧场上颠簸;跳过溪流,同海浪擦身而过。比利把我们带到了可眺望外奴衣海滩的山岗时,他说:"到了。"我们都兴奋地高声喊叫。

海鸥在海边盘旋。一眼望去,鲸鱼们在沙丘中翻动着,屠杀者们浑身是血。我们急速驰向海滩,开始营救任务。

当我们的摩托车穿过海鸥群时,它们尖叫、发怒和抗议。我们首先看到的是一个白人老太太,坐在被拖拉机拖上海滩的鲸鱼身上。一群人用绳子捆住鲸鱼尾,对坐着不愿起身的老太太十分恼怒,粗暴地把她推开。但她仍然一次次走回鲸鱼,坐下不动,两眼充满了坚持到底的决心。我们来助威了,今天第一场角斗开始了。

老太太说:"太谢谢你们几位绅士了。虽然鲸鱼已经死了,但那些人怎么可以那么贪婪?"当地很多人都来到海边,一些人还穿着睡衣。看到外奴衣的老人们如此阻止掠夺鲸鱼时,我们都很吃惊。另一个老太太突然举起粉红色拖鞋,威胁我们。

比利说:"咳,大娘,我们可是好人啊。"

她疑惑地张着嘴打量我们,然后说:"假如你们是好人,赶快去教训那些坏人。"她手指停在一头死鲸身旁的另一辆拖拉机。几个壮实如牛的人正把鲸鱼下颚抬上车子。我们走近时,看到一个老大爷在训斥他们。其中一个年轻人一拳砸向老人的嘴巴,老人跌倒了。他的妻子大叫起来。

我们驾着摩托车冲向他们。我指着死鲸说:"听着,这鲸鱼属于淌歌若阿。"鲸鱼内脏和血液发出一股恶臭,让人头晕。海鸥们往内脏上扑去。

"谁敢阻止我们？"

比利答道："我们！"他拿起他的链锯，拉开引擎，不一会儿就把车轮前胎给锯断了。第二场群架展开了。

警察和环境管理员也赶到了。他们无法分辨谁好和谁坏，对我们很粗暴。穿粉红拖鞋的老太太赶来，对管理员挥手说："不是他们呀，他们是帮我们的，你们这些傻瓜。"

管理员笑了起来。他快速环视我们后说："那么，朋友们，我们必须一块儿合作，好不好？"

我看了看伙伴们，我们这伙人一直是和警察对立的，但现在马上点头答应了。

管理员说："太好了。我叫德里克，先让人们从海滩退出，设上警卫线。不久海军部队会从奥克兰来。"他又大声问："有没有人带着紧身潜水衣？有的话，马上穿上，我们需要所有人来帮助。"

我和伙伴让人们离开海滩后，骑着摩托车来回巡逻。当地的人积极协助。我看到一个影子，踉踉跄跄地跑向海岸，是一个老太太穿着她儿子的紧身潜水衣。一看到那粉红拖鞋，就明白她是谁了。

为搁浅鲸鱼奋斗的人们将被这个经历永远凝聚在一起。

我们聚集一方,像小孩子一样喊叫。德里克把我们分成八人一组,每一组照看一头鲸鱼。他命令道:"保持他们身体不发热,往身上不断洒水,不然他们会失去水分。太阳光马上会增强,一定要不断洒水,但不要堵塞通气孔,不然他们会窒息的。最重要的是不让他们横躺下。"

这个活儿艰巨而沉重,一些老人干劲十足,让人难以置信。一个老大爷向鲸鱼说了什么后,对身边的人道:"有什么奇怪的,你不也同你的花草对话吗?"这时,那鲸鱼抬起头,打量着眼前的两个人,他显然是在咯咯地笑。老人说:"这鲸鱼明白我的话。"不久这消息传遍了海滩。

同鲸鱼交谈吧,

他们能理解,

他们会明白。

海流仍涌向海滩。海军部队到了,"绿色和平"、"约拿计划"(新西兰的非营利性救助鲸鱼组织。——译者注)、"地球之友"等组织的成员们也来了。两架直升飞机在我们头上盘旋,把穿着紧身潜水衣的人们投向海里。

人们召开了紧急会议,商讨对策,作出了尽量把鲸鱼拖回海中的决定。轻便汽艇也用上了。大多数鲸鱼拒绝尾巴被拖着走,但有一些鲸鱼还是被拉动了。这第一次尝试使大约一百四十多头的鲸鱼再次浮上水面。海滩上,大家心花怒放。然而,鲸鱼们像被吓昏的小孩,在深水中乱转,互相碰撞。海水退回海里时,他们又马上回到了仍然搁浅在海滩上的鲸鱼身边,或者冲向已死去的鲸鱼。人们的欢呼声开始变成了咒骂声。

德里克说:"好吧,让我们从头来,保持他们体温不升高,保持我们自己的干劲不下降。"

大海咆哮起来,海鸥在头顶上尖叫。太阳已到正午时分,光线逐步减弱。我看到几个学校的高年级学生也来帮忙了。很多老人为有时间喘口气而高兴。另一些人仍然停不下手,他们已经把鲸鱼当作家庭成员了。一个老太太说:"我可不能把索菲撇在这里不管啊。"太阳在沙滩上撒满光环。

鲸鱼们接连死去。看护的人在哭泣、相互拥抱和安慰。他们仍然尽力把想殉死的幼鲸赶回海里。当一头大鲸鱼要横躺下时,几头小鲸鱼会帮助他翻身,用身体抚摸着他的头。所有鲸鱼都如同束手无策的小孩,不断喊叫,充满悲痛和惊恐之情。

一些老年人不愿意离开海滩,唱起了《前进,基督教的战士!》,并且继续摇动鲸鱼们,使他们保持身体平衡,或鼓励他们一块儿游回海里。这些鲸鱼们明显不愿意分离。管理员决定将依然生存的鲸鱼聚集起来,把他们赶回大海。他们好像明白我们在帮助他们,所以没有反抗或回击。我们走近时,他们都筋疲力尽了,但当身体被推向海水中时,他们会鼓足最后的力气游泳和呼吸。

我们终于把鲸鱼们赶回了海流中。但他们只是痛哭和哀悼死去的鲸鱼,在水中无目的地翻滚,又迅速游回到死鲸身边,用鼻子挨擦死者。海水不断低声嘶叫,汹涌怒号。鲸鱼们长笛般的哀歌开始减弱,虚迷,消失……

傍晚时分,所有鲸鱼都死去了。二百头鲸鱼,躺在沙滩上任海水拍打,毫无生命迹象。我和伙伴们一直陪伴着它们。城里人给大家提供了点心和咖啡。穿粉红拖鞋的老太太抿了一口咖啡,望着大海。

我问她:"还记得我吗?我叫拉威力,是好人。"

她眼中含泪,亲切地握住我的手说:"即使是好人,也有输的时候。"

那晚上回到泛歌拉时,奶奶说卡呼已经知道鲸鱼搁浅的事了。我看见卡呼站在海边悬崖上,对大海喊叫,声音像婴儿的哭声。接着她竖起耳朵,倾听回声。大海是那么静谧,永恒。

我走去安慰她，月光把天空照得如此寂寥。我听到一个回声，那是阿皮拉纳老人的话音："这是对我们的启示，但我不愿意看到这个启示。"我突然清楚地意识到我们正面临着最终的挑战。我抱着卡呼的肩膀，让她感觉到我的支持。自大海远处传来了一个巨大的震动，海水中，沉闷的雷霆隆隆吼叫，如同打开一扇通向远方的宏门。

"聚集一方……聚集一方……如愿以偿……"

16

　　人们至今鲜明地记着外奴衣海滩上鲸鱼搁浅的事，那晚的电视节目和电台报道使这个消息家喻户晓。但是，第二天晚上在泛歌拉发生的事，没有任何电视台拍摄，也没有任何电台记者报道。也许还是这样的好，因为一切仿佛仍然是一场梦。也许那晚上的场景除了部族的人们以外，谁都无法看见，听见。不管我们如何解释，前一天的鲸鱼搁浅不过是一个前奏曲而已。接下来发生的事件才真使人畏惧，具有震撼天地的能量和规模。

　　前晚的沉闷雷霆和叉状闪电已跨海而来，像一团闪亮的云块。这是伴随着南极冰凉冷风而来的暴风雨。

　　奶奶、卡呼和我都焦急地等待着天气预报。同时，我们在飞机场迎接老人和泊罗浪击的返回。一架飞机突然间像一只信天翁乘狂风而来,那狂风预示着暴风雨的到来。风雨神塔威力马特阿似乎在发怒,想把飞机砸到地面。

老人脸色苍白,心烦意乱。他和奶奶平时老是吵架,但现在看到她时,他感到了安慰。他紧紧地拥抱她:"哦,我的妻子!"

泊罗浪击对老人的不安解释道:"我们在南岛会议开得很不顺利。土地纷争是一件头痛的事,老人担心法官的最后裁决。后来,我们又听到了鲸鱼遇难的事,他变得很忧郁。"

狂风像无数的幽灵在咆哮和尖叫。

老人低声说:"大事马上会发生,我不知道那是什么,但会发生。"

卡呼安慰老人道:"不用担心,一切都会平静下来的,老家伙。"

我们拿起老人的皮箱,奔到小客车里。在经过城里的路上,闪亮的云块好像总是走在我们前方,这是不祥之兆。

到达外奴衣之前,我们就已经嗅到了死亡女神的气味。风像鞭子一样抽打大地。我们的车子在同大风搏斗,奶奶紧紧抓住安全带。

卡呼说:"好了,好了,奶奶,没问题的。"

马路边,我看到一个交通警察挥动着手电筒,他告诉大家要小心驾驶,因为大机动车正在沙滩上挖大沟,要把死鲸埋进去。他认出我是白天帮忙的人中的一个,向我微笑和敬礼,这令我更感伤。

我沿着公路小心翼翼地驾驶着。在右边可以看到推土机的巨大影子,那黑色轮廓后面是燃烧着的天空。在远处海滩上,很多鲸鱼被海水托起和摇动。整个场面像一幅超现实油画,这不是噩梦,只是一场巨大悲剧。是什么导致鲸鱼集体自杀?大风把沙子和泥巴刮到车窗上。我们默默地注视着这个场景。

"停下!"老人说。

我停下了,老人走下了车子,在狂风中步履蹒跚。

奶奶说:"让他一个人去吧。他想和鲸鱼在一起,哀悼它们。"

但老人那心神错乱的模样让我很担心。风寒如冰,我向他走去。他的双眼被远方的什么东西吸引着。他看着我,但没有意识到我。

他大叫道:"这是谁的过错?"

海鸥的脚爪抓住了他的话音,在头顶上空高叫,重复着他的话语。

回到车里后,我看到卡呼苍白的小脸安静地靠在车窗上。

老人又说："这是对我们的启示。"

我们离开了主干高速公路，返回泛歌拉。周围一片漆黑，我开足了车灯。被一种恐惧感笼罩着，我奇怪地感到闪光的云块就在我们村子上方。当泛歌拉出现在眼前时，我很高兴，松了一口气。

泛歌拉一定是世界上最美的地方之一，像翡翠鸟的窝，漂浮在夏至时分的水面上。看，一个教堂在前方，后面是毛利会堂，再后方则是澎湃的大海。那里有派克阿，我们永恒的守护者，防止他人侵犯他的后裔。在大事件即将发生之前，村子如同平时一样，普通平凡。

我们停在家门前。

我说："卡呼，你帮着老人拿提包。然后我送你回家。"

卡呼点了点头。她双手放在老人身上，又说道："不用担心，老家伙，一切都会平静下来的。"

她拎起一个小行李包，走到阳台上去。我们都下了车，跟着她上楼。这时风突然停止了。

我可不会忘记那时卡呼脸上的表情。她看着海面，仿佛在回忆过去，她很冷静地接受眼前的现实。我们都沿着她的视线看去。

大地向下倾斜，融入海中。水面是明亮的绿色，然后同深蓝色相交,变成紫红色。闪亮的云块在地平线上翻腾。

海中突然传来了沉闷的隆隆声,犹如打开一扇千年以前的大门。在云块下方,海面波光粼粼,如同金粉飞舞。蓝色的闪电像海上导弹的射出。我好像看到有东西从天空中飞来,穿过百世,掉进了会堂里。

暗色的影子从海底深处上升,其他影子也一起上升,不断上升。霎那间,第一个影子冲破海面,那是一头鲸鱼,海中巨兽,来自海底绿岩深处,绷开大海的肌肤。这时空中不断闪电,回荡起了宏伟的歌声。

老人悲惨地大叫,因为这不是普通的海兽,也不是一般的鲸鱼。而是来自远古时代的老公鲸。它的到来使海面上回荡起歌声。

您呼唤了我……

您呼唤了我……

您呼唤了我……

他的同伴们也冲出海面,一起唱着这天国之歌。

暴风雨对大地尽情释放愤怒和能量。大海中挤满了鲸鱼,他们守卫着身经百战的领路老公鲸。

您呼唤了我……

您呼唤了我……

您呼唤了我……

老公鲸头上有一个神圣刻印——漩涡状的印记，在黑暗中发光，显示出其魔力。

夜色里，透过雨点，我加快了摩托车速。我推醒了正在睡觉的伙伴们：“对不起，我又需要你们帮忙了。”

“别又是鲸鱼吧。”他们不满地说。

“对了，又是鲸鱼。但这次不同。它们现在就在泛歌拉。”

老人命令泊罗浪击和我马上去召集伙伴们和村里所有可以干活的男子，到会堂集合。

奶奶怒气冲冲地问道：“我们女人为什么不行？我们也有手脚可以帮忙啊。”

老人苍白的脸上浮现出一丝微笑，坚定地说：“我不要你们来干扰，大花。你知道我们干的工作是神圣的。”

奶奶怒发冲冠：“但你没有足够的男人帮忙，瞧着吧。假如你需要人帮忙的话，我会变成男人，就像母丽外一样。”

老人接着道：“组织工作由我干。假如女人想帮忙，让她们在厨房里等着。这个就交给你了。”

他亲了亲她。她直瞪着他的双眼说:"我再说一遍。有必要的话,我会像母丽外那么做的,卡呼也会那么做的。"

老人忙答道:"不要让卡呼来,她不顶用。"

然后,老人转过身,同泊罗浪击和我说话。卡呼愣愣地盯着地板,极其扫兴,她为自己悲哀。

我们都同时看到了鲸鱼头上的神圣刻印,他再次投入海中,朝我们的方向游来。伴随他的鲸鱼大队被甩在后方,他们对莽撞的老公鲸发出漫长而起伏的喊叫声。老公鲸全力以赴冲向海滩。我们可以感到他上岸时震撼大地的力量。公鲸提起全身肌肉,不断往沙滩上挪动。然后向右侧翻倒,静静地等待死亡。我们惊恐极了。

五六头母鲸也离开群队,爬近公鲸身边,为他歌唱,企图哄他回到大海里,回到正在等待的队伍中去。但老公鲸纹丝不动。

我们围在海滩边,没有一个人不为公鲸的巨体而感到震惊。他高耸在我们面前。那原始的精神力量通过漩涡状的刻印而发光。那二十米长的躯体使我们遐想起远古的时代。

在风雨中,老人走近公鲸说:"哦,圣鲸哟。我向您致敬。请问您是来求死,还是来求生?"没有回答。但我们感到必须立刻做决定。公鲸抖动了一下巨尾。

"你们决定吧……"

就在这时，老人把男人们都召集到会堂里了。

外面风雨交加，电闪雷鸣。闪电光刹那间把海滩上的鲸鱼照亮。在海里，大队鲸鱼仍然等待领路公鲸回去，而且慌乱一团。母鲸们不时爬向老公鲸，安慰他，低声吟颂对他的爱。

会堂里很温暖。有的人困惑，有的人干劲十足，有的人抱有极大的期望，等阿皮拉纳老人发命令，把大家聚集一起，外出营救。在奶奶的指挥下，聚集在厨房里的女人们也高声支援我们。我走出会堂外，看见卡呼一动不动地望着海面，脸像一个小海豚，喉咙里发出婴儿般的哭泣声。

老人和我们一起祈祷了。他的声音像海潮，时高时低。然后他问候会堂、祖先和部族人。顿了一会儿，他一边寻找恰当词句，一边说："孩子们，我们人数不多，总共只有二十六人。"

一个六岁男孩叫道："别忘了我，老爷爷。"

老人微笑着说："那么是二十七人。我们必须把身体、心灵、精神和干劲放在一起。先决定应该怎么干吧。"他又顿了一下："为了说明这个，我不得不使用哲学语言，但我从来没有进过大学。我的大学教育是拳头。"

一个声音说："那是最好的大学。"

"这样吧，我用自己的话来解释。过去，在我们的世界中，神灵同祖先有互相间的交流。神灵有时赋予他们特殊能力。

比方说……"他看了看会堂顶端的雕塑,"派克阿有能力和鲸鱼对话,可以向他们发号施令。人、动物和神灵都和睦共处,融为一个相互依靠的整体。"

老人的思绪如潮起落,他接着说:"但人们变得傲慢了,把自己置于神灵之上。他们甚至想战胜死亡,但都失败了。他们的傲慢破坏了整体感,把世界分成两半:一半是他们可以相信的,另一半是他们不能相信的;现实世界和非现实世界;自然世界和超自然世界;现今世界和远古世界;科学世界和幻想世界。他们把这两个世界远远分开,在他们那边的所有东西都是合理的,不在那边的则是不合理的。"他强调说:"我们毛利人对神灵的信仰一直被认为是不合理的。"

老人又停下来了。他对我们了如指掌,知道我们对这些抽象概念不感兴趣。我想知道他究竟要说什么。他突然指着大海问我们:"你们都已经看到那鲸鱼和他头上的神圣刻印。那个刻印是巧合,还是命中注定?为什么如此大的鲸鱼不在外奴衣搁浅,而到泛歌拉来?这是现实世界的事,还是虚幻世界的事?"

"现实世界的。"一个声音答道。

"这是自然的,还是超自然的?"

"超自然的。"另一个人回答了。

老人举起双手,让大家停止争论,他又说:"两者都是。这是对我们的启示,让我们回忆起远古世界曾经有过的整体感。这像婴儿的脐带,把过去和现在、现实和虚幻连接在一起。两者都是,不只是一个部分!"他提高声音说:"假如我们忘记这个连接性,那我们便不再是毛利人了。"

风的呼啸声插入了他的话音,他接着说:"那头巨鲸是一个启示,他选择在这里搁浅。如果我们能把他推回大海,便可证明我们依然具有这个整体感。如我们无法把他推回大海,那证实我们变得虚弱了。如果巨鲸生存下去,我们也能够生存。假如他窒息而死,我们也会死。我们同时面临着鲸鱼的命运和我们自己的命运。"

老人闭上双眼,声音在空中漂浮,徘徊。

"我们应该生存,还是死亡?"

大家的回答表现出对部落抱有的自豪感。

老人睁开眼睛说:"好吧,孩子们。让我们到海滩去,开始干活吧。"

泊罗浪击指导大家怎么干,他让大家把所有的卡车、汽车、摩托车和拖拉机都开到海边峭壁旁,对着海滩打开车灯,将海面照亮。有些伙伴们把用于捕捉"负鼠"的强光电筒也带来了,照射在巨鲸身上。灯光下,他头上的刻印像一个银色漩涡在闪烁。

奶奶从厨房看到老人在雨中来回走,很生气,对我的伙伴说:"赶快把雨衣捎给老家伙。他以为自己是超级毛利人呢。"

卡呼问道:"他们在看什么呀?"

"他们把所有的灯都带来,照亮海边,那么鲸鱼就会回到海里去。"奶奶答道。

卡呼看到两辆拖拉机的前列大灯光从黑暗中照射过来。她又看见爸爸和其他人手中拿着绳子,奔向巨鲸。

"太好了。"老人又大声问,"哪个勇士可以潜入水底,把绳子绕在尾巴上?我们必须移动他的身体,使他面对大海。谁来承担这任务?"

我看了看比利,代他举手了。

"我的天呐!多谢了,哥们儿。"比利无奈地说。

泊罗浪击说:"我会拽着绳子的另一头。"

老人说:"不,我需要你在这里,把绳子交给你的兄弟拉威力。"

泊罗浪击笑着把绳子抛给了我,我忙说:"我可不是你的兄弟。"

泊罗浪击把我和比利推进海里。海水冰冷刺骨,在巨鲸面前,我万分恐惧。比利和我想方设法接近他的尾巴,但我担心的是这尾巴一甩动，就会把我们压成一只烂香蕉。海浪把我们托起又抛下，托在来自海滩的刺眼灯光里，抛在漆黑大海中。比利一定和我一样害怕巨鲸。每当大浪把他投向巨鲸身边时，他总是说："对不起，老大爷。""失礼，失礼，请原谅，老大爷。"

阿皮拉纳老人在海滩上叫道："快一点，快一点，时间不够了，别磨磨蹭蹭的。"

我和比利终于到达了鲸尾处。那尾部如此庞大，就像一扇宏伟的翅膀。

我对比利说："你我之中必须有一个潜水下去，把绳子绕在尾巴上。"

"请便吧。"比利说，看来他是一个怕死鬼。

我不得不自己下去了。我深呼吸了三口气后，潜入水底。水中的沙子和小石块被剧烈搅拌。鲸鱼略微挪动了一下，我惊慌失措。假如他翻一个身，我这条命也就完了。任务完成后，我游向水面。

比利高兴地叫道："你还活着呀！"我把绳子的两端交给他，他把它们紧紧系起。我们挣扎着回到海滩，伙伴们狂欢起来。我听到比利吹牛说他的冒险故事。

泊罗浪击问老人接下来该干什么。

老人说："我们现在等着，等涨潮，海潮会使咱们的老祖宗浮起来的。当他浮上水面时,我们就用拖拉机帮他的身体转一个弯。我们只有这一个机会。他一旦面向大海,我们就把他的身体推向大海。"

我建议用汽艇把他拉向海中。

老人说:"不,那太危险了。海浪实在太大。而且别的鲸鱼仍然朝这个方向游来。我们现在只能等待,让我们祈祷吧。"

老人让我和比利把湿透的衣服脱下。我们跳上摩托车,回家里换衣服。奶奶眼光锐利,看到我们后,马上奔来,问海滩上的工作进行得如何。

我说:"我们在等海水涨潮呢。"

我以为奶奶会抱怨我们不让她参加,但她只是抱着我的双肩说:"告诉老家伙不要着凉,我要他安全回家。"

卡呼也来了。她冲进我的双臂,焦急地问道:"老家伙好吗? 没问题吧? "

"别担心,卡呼。"我答道。

突然海滩上的车子喇叭一起鸣响起来,涨潮了。比利和我奔向摩托车,隆隆驰向海滩。

卡呼安慰奶奶说:"好了,好了,没有问题的。"

我们回到老人身旁时,大家都准备就绪。泊罗浪击指着海面说:"瞧,海水突然涨得这么高。"

巨鲸身体的一半已经淹没在海水里，他在痛苦中喷出水来。三个老母鲸游到他身边，推着他，想在他溺死之前把他托出水面。

泊罗浪击发命令了："开始拉！"两辆拖拉机精神焕发，很快把绑在鲸鱼身上的绳子拉直了。

绳子的猛拉和沙子的下陷使鲸身得到了平衡。老人从他张开的眼睛中看见了他的力量和智慧，如同神圣火焰在燃烧。鲸鱼额前的刻印也放出了可畏的光芒，仿佛是在问："你们想活下去吗？"

老人答道："神圣老鲸，我们都想生存下去。请回到大海里，回到淌歌若阿的王国去。"

拖拉机开始使鲸鱼身体转向，鲸身逐渐同海岸线平行。我和伙伴们一起用肩膀顶着巨体，使他头朝大海。

这时，绳子绷断了。老人绝望地大叫，将脸深深埋在双手中。他马上转身对我说："拉威力，告诉你奶奶，现在是女人变成男人的时候了。"

我还没有到达厨房，奶奶已经在雨中大步走来。女人们在她身后，"姑娘们跟着我来。卡呼，你等在海边。"

"大花奶奶，可我…"

"你就待在那里！"奶奶不由分说地命令道。

妇女们都跑来和我们一起干。泊罗浪击开始给大家鼓劲。

"同心协力,加油!"他叫道。

"同心协力,加油!"我们附和道。

"送鲸回老家!"

"大海是你家!"

我们每叫一次,便用肩膀把鲸头顶向大海方向,让他面对海上群星。

鲸鱼大队也在海中唱着鼓励老鲸的歌曲,母鲸们从头顶上喷出欢乐的水花。她们唱道:"是死亡?……还是生存?……"

鲸背波动了,他在抽搐。我们高兴得跳起来。那巨尾突然对着天空拍击了。

鲸鱼开始蠕动。

但我们的喜悦马上变成了恐慌。刚蠕动时,老人就知道我们的计划失败了。鲸鱼没有游向大海,却朝着我们而来。鱼尾拍击海水,让我们四处躲避,惊恐万状。这时,巨鲸发出了令人颤栗的奇异的呻吟声,进入了我们无法触摸到的深水处。那便是他的墓地。他又面向海滩,身体一半露出水面,等待死亡。

风吹得更紧,雨下得更大,海水对着天空咆哮。我们站在海滩上, 绝望地看着他。

卡呼不解地询问老人:"为什么他要这样? "

"我们的祖先想死。"

"为什么? "

"他在这世界上没有生存的地方。曾经向他发号施令的主人已经不在了。"

老人顿了一会儿说:"如果他死了, 我们都会死, 我也会死的。"

"不, 您不能死。假如他不死的话? "

"那么我们也会活下去。"

奶奶拥抱了老人, 把他带回家中。天空中出现了叉状闪电。部族的人们默默地看着, 静候巨鲸的死亡。母鲸们的柔软身体将成为他最后的安身处, 在大海远方, 鲸鱼群开始唱起告别首领的歌。

17

　　没有人看见她离开人群，也没有人看见她潜入水中。在海边的汽车灯和电筒灯照射下，我看见一个女孩子的白色裙子，小脑袋在海潮中浮上沉下。我马上意识到那是卡呼。

　　我大叫起来，在暴雨中冲向她。别的灯光也照亮了她的白裙和白蝴蝶结。她像一只小狗，试图把头伸出水面。一个浪潮覆盖她后，她又出现在另一边，吸着空气，睁大眼睛，她的自由泳像狗趴式。

　　我穿过海浪，跃进海里。人们后来说，我简直像发了疯似的。

　　卡呼只知道老人的一句话："假如老鲸活着的话，我们也会活下去。"

　　海水虽然冰冻刺骨，但征服不了她。浪潮尽管很高，但威胁不了她。即使雨水如同梭镖，也吓唬不了她。

　　她不时深呼吸着。海水像卸货车一样把她掼入海底的沙堆中，可她总像一个软木塞似的浮回水面。海滩照来的灯光使她难以睁开眼睛，辨不清方向。她不得不一直朝上看，脖子似乎很痛。她看到鲸鱼的刻印时，放心了。"好了，好了。"她两脚蹬水，游向鲸鱼。一个大浪覆盖而来，使她呛进更多水。她一边咳嗽，一边继续踩水。然后下定决心，再次游向鲸鱼。她突然想起了自己该做什么。

　　这个死丫头，我心里一边骂着，一边冲进大浪。我不是英雄，也很害怕大海的怒涛，最能和水打交道的地方是在澡盆里，那水是热乎乎的。海水可不一样，会把人冻成冰块。我刚在海水里干完活，深知这点。

　　我对这丫头很佩服，她真勇敢。她正游向巨鲸，她到底想干什么？

　　泊罗浪击在海滩上拉住老人和奶奶，不许他们往海水里去。接下来，世上最不可思议的事情发生了。卡呼对着大海发出了高低起伏的呼唤声，对巨鲸唱起歌，说她来了。

　　"您呼唤了我……您呼唤了我……您呼唤了我……"她抬起头，对巨鲸喊道。

　　风攫去她的歌声，又把它和水花同时砸碎。

　　卡呼又高声叫道："神圣的祖先，我在呼唤您呢，我是卡呼,是天人卡呼提阿。"

车灯和电筒光照耀在巨鲸身上,也许是因为闪电,或是逆流,巨鲸似乎不断在眨眼。他看着这个小姑娘向他游近。

"卡呼!"我听见奶奶在风中声嘶力竭地叫着。

我的长筒靴把我往水下拖。我不得不停下,用手脱下它们。靴子被疯狂的浪潮卷走了。

我抬头寻找卡呼,海浪把我托起又抛下。

我大叫:"卡呼,别往那里去!"

她已经游到鲸鱼身边,双手抚摸他的颚部。"您好!老祖宗。"她紧抱着鲸颚,一边拍着他的身体,一边注视着他的双眼,"您好!我来见您了。"

大浪又把她托起,将她从鲸头部冲走。她呛了一大口海水,但仍然踩着水游回鲸鱼眼前。

她叫道:"救救我,我是天人卡呼提阿,我就是派克阿!"

巨鲸听到这句话,颤抖了。

"您是派克阿?"

恰好这时,卡呼摸到了鲸鱼的前鳍,她手指死死抓住,想方设法不要溺水。

这时,老公鲸感到了巨大的喜悦,欢欣之情流向全身,而且不断增强。他全身都沉浸在其中。

防浪堤上的鲸群们也看到了老鲸的姿态，他们看到了希望之光，唱起了鼓励首领的歌。

"卡呼，别坐上鲸背！"突然间她不见了。我万分焦急，她一定落入鲸鱼嘴中了。这个猜想使我恶心。我想起《圣经》中的约拿 (Jonah) 在鲸鱼肚子里活下来的故事。假如需要的话，我会跳进这巨鲸的肚子里，把卡呼拉出来的。我可不会让任何鲸鱼吃掉我的卡呼。

大浪又把我托起，掷下。我再一次看到了卡呼，安心不少。她仍然抓着巨鲸前鳍。我几乎不敢相信自己的眼睛，巨鲸原来是朝左躺下的，现在正在往右转身，想把身体挺直起来。

我担心极了，怕他转身子时把卡呼压扁。她仍然抓着鲸鳍不放。鲸鱼转身时，卡呼被拱出水面，悬挂在鲸身上，像一个白色蝴蝶结。

见到首领的体力不断增强，老母鲸们在海中狂欢起来，又回到他身边，对他轻声低吟，然后向年轻鲸鱼发出声波，让他们来帮助老鲸。鲸鱼们在高高掀起的海潮中形成一个箭形队。

卡呼对他轻声说："您好，神圣的老鲸。"她很冷，筋疲力尽，把脸颊靠在鲸脸上，亲了亲他。他的皮肤像光滑的橡胶皮。

卡呼无意识地拍了一下鲸鳍的后方。"这是我的主人,这是我的骑鲸人!"鲸鱼的激动逐渐波及皮肤下。她突然看见鲸鱼身上出现了凹处,仿佛是让她搁脚、搁手。她试了试蹬脚部是否结实,没问题。尽管风在狂吹,她离开了遮风的前鳍,爬上鲸背。这时她看见曾祖父和曾祖母在远处的海滩上和大家站在一起。

我赶不上了。卡呼早已爬上了鲸背。一个大浪把我推远。我绝望地呼唤着她。

卡呼爬到最高处了。"这是我的主人——天人卡呼提阿!"心花怒放的老鲸在身上形成了鲸鞍和鲸蹬,鞍部上又出现了前桥,使她可用双手抓住。她抹去眼前的水滴,捋顺了头发,坐稳了身体。她听到一个叫声,像是风中的呜咽声。

我看到几个黑色的影子从浪中冲出来。我的天,即使我不淹死,也会被鱼吞掉。

几头小鲸鱼来帮助首领了。

灯光都照在卡呼身上,她坐在鲸背上,那么渺小,赤手空拳。

忽然间,卡呼哭了。她哭了,因为她害怕;她哭了,因为老鲸死的话，老人也会死的；她哭了，因为她孤身一人；她哭了，因为她爱小妹妹、爸爸和阿娜；她哭了，因为没有人会帮老奶奶种蔬菜了；她哭了，因为老人不爱她；她哭了，因为她不知道什么是"死"。

然后，她鼓起勇气，双脚踢了一下鲸身，就像骑着马一样。

她大声命令道："出发吧。"

鲸鱼从海水中升起。

她又叫道："回到海里去吧。"

"明白了，我的主人……"巨鲸缓慢移向大海。小鲸们都来帮着把巨鲸推向深水区。

她对他说："让人们活下去吧。"

老鲸和护送他的鲸队向深海处游去。

我们的卡呼走远了，骑向了深海。在黑暗中，我可以听到她小笛子般的声音。

雨中，她和鲸鱼们一起进入了大海。她那么小，穿着白色的裙子，骑着鲸鱼。小辫子在雨水中晃动。她走远了。我们都被她抛下了。

"哦，派克阿……哦，派克阿……"

18

　　她是骑鲸人。在鲸背上，她感到了大浪起伏所带来的阵痛，雨水抽打在脸上。年轻鲸鱼在两旁守护着老鲸破浪而进。他们不断向深海处游去。

　　她的心急剧跳动，周围都是鲸鱼。不时有些鲸鱼来到老鲸身边，抚摸他。逐渐地，鲸鱼大队终于到达了汪洋之中。

　　她是天人卡呼提阿。她感到了老鲸的颤抖，她把自己的头本能地贴在鲸头上，闭起双眼。老鲸作了一个小潜泳，海水像飘动的丝绸。几秒钟后，他又浮出水面，轻柔地喷出水花。

　　她的脸被海水和泪水打湿了。鲸鱼们加快游速，远离海滩。她快速回头张望，见到远方的灯光。她不断感到鲸鱼的颤抖，把头继续贴在鲸头上。老鲸又潜水了，这次在水下呆的时间更长。卡呼发现当她把脸贴在鲸头时，老鲸会为她张开一个小小的呼吸道。

深海处,暴风雨的狂怒在减退。巨鲸游得更快了。当他从海中跳出时,喷水就像夜空中飞机喷出的银色气体。他开始了第三次潜水。耳膜中承受的压力使她意识到这次的潜水比前面两次都要深和长。她也知道第四次的潜泳将把她带向永恒。

鲸鱼回到水面时,她镇静地告别了天空、土壤、海洋和陆地,也辞别了部族的人们。她尽管不知道什么事会发生,但已作好了心理准备。她向曾祖父、曾祖母、爸爸、妈妈和拉威力叔叔都说了再见,并为他们的健康祈祷。她要他们一直活下去,一直一直活下去……

鲸身绷紧了。她的脚被鲸鱼的肌肉牢牢扣住,面孔被流动的空气压宽,头发被风鞭打。

月亮突然出现了。她看见周围的鲸鱼都在下潜,下潜,下潜。她放低了脸,贴在鲸头,闭上双眼,对自己说:"我可不怕死。"

老鲸躬起身体,准备潜水。海水在她周围嘶叫和振荡。他的大尾巴好像垂直地立在海面上,拍击着渗透雨水的天空。然后他们俩一起滑入水中。

她是天人卡呼提阿。她是派克阿。她是骑鲸人。

"聚集一方……聚集一方……如愿以偿……"

　　部族的人们都在哭泣。暴风雨同卡呼一起离开了。奶奶的心剧烈跳动,满脸是泪。她从口袋中摸手帕时,碰到了小石头雕,拿出来交给了老人。

　　老人悲痛而急迫地问道:"是哪个男孩子捡回来的? "

　　奶奶指着大海,满脸痛苦地呼唤着卡呼的名字。老人明白了,他伸出双手,似乎想把整个天空给撕下来。

尾声 来自大海的姑娘

19

这是神灵们居住的地方。在黑暗无光的海底,六十头鲸鱼慢慢地垂直下潜。鲸鱼群中,二十米长的老鲸,头上带着神圣的刻印。两旁有七头母鲸,她们的身长只是他的一半,像穿着黑色礼服的妇女,温柔地伴随他进入海底。

妇女们唑唑唱道:"往这里来吧,老人……和我们一起吧……大海是您的部族……"

海水低吟,对老鲸传送着深厚的爱情。一头老母鲸不时游向老公鲸,用鼻子柔和地挨擦他,抚摸他,亲吻他,让他知道她是如何想念他。她明白老鲸受了重伤,已几乎没有余力了。

同时,她看到一个小白点紧抱着她丈夫的刻印的后部。她游向老公鲸的头部,看一个究竟后,又游回老公鲸身边。

老母鲸优美地唱道:"你头上载着谁啊?"

"是派克阿,派克阿呀! 我的主人。"老公鲸的男低音像管风琴回荡在海底大教堂中。

大海是一个巨大的流动天空,鲸鱼们都在下潜,投入古色苍茫的梦幻中。老公鲸和老母鲸的身旁是鲸鱼武士,敏捷,健壮,始终保持警惕心和严格的队形。

鲸鱼武士会提醒大家一个挨着一个前进,不要留出太大的空间。

老公鲸让鲸鱼武士不时走到队伍后面,帮助母鲸、公鲸和幼鲸们保持队形。

老母鲸依然思考着老公鲸的答复。"那是派克阿?真的是派克阿吗?"其他母鲸们看到老母鲸疑惑不解,也都好奇地游向上方,观察那坐着不动的骑鲸人。一个母鲸尝试着轻轻推了一下那小东西,看到她苍白的脸像正在睡觉的海豚。她们惊奇地议论着,想知道那到底是什么。然后耸了耸肩,无奈地想,如果老公鲸说是派克阿,那一定是派克阿了。老公鲸毕竟是族长,假如她们不尊重他的意见,他会变得性情古怪的。

鲸鱼武士轻声责备道:"不要走散了。"

鲸鱼们又紧挨在一起,互相协助,潜入海底。

"那是派克阿?真的是派克阿吗?"老母鲸不安地问道。尽管她很爱丈夫,但在漫长的鲸年中,他有时也犯错误。比如说，过去几年中，他变得越来越忧郁，觉得死神马上要来临，他再次造访记忆中的故地。他去了瓦尔德斯半岛、汤加、加拉帕戈斯、图克拉乌、复活节岛、拉罗汤加、南极和祖先的发祥地——哈瓦以基。不久前，他在泛歌拉几乎丧生。

"大家不要动！"老母鲸叫了起来。她回想起派克阿将小矛投入大海和陆地上的情景。

鲸队止住了潜水，在大海镜面和海底的灿烂深渊之间停着不动。

鲸鱼武士滑向老母鲸，问道："出了什么事了？"他们已经进入备战状态。老母鲸常常突然让大家止步。

老母鲸的心怦怦跳动，甜蜜地说："我想同我丈夫说几句话。"她开始下潜。

大海因老母鲸甜蜜的爱而放出光辉，她游向老伴。海蜇在黑暗深处放出银色星光。在海底部，一队磷光体射出温柔的光辉，像月光照着波浪。大海中充满了各种声音：海豚的交谈声、磷虾的咝咝声、鱿鱼的摇晃声、鲨鱼的旋动声、大虾的挪动声，以及永无休止的、震耳的海水波动声。

老母鲸满怀爱情，用三音阶的声音说："我的老伴，亲爱的头儿。"她又加进了一串和声，略带狡黠的表情，发出了美丽的琶音："我的丈夫哟，您身上的人可不是派克阿。"

其他母鲸们都悄悄退到后面,钦佩老母鲸有勇气询问骑鲸人究竟是谁。

老公鲸答道:"这是派克阿,没错。"

老母鲸伏下眼帘,希望老公鲸知道这是女人服从男人的表情,为自己接下来想说的话作准备。

她的甜蜜声音如银铃一般:"不对,我的丈夫,您错了。"

母鲸们都为老母鲸的固执而倒抽一口气。鲸鱼武士们等待老公鲸的命令来收拾这个场面。

老公鲸暴躁地说:"当然是派克阿!我主人骑在我身上时,说她是天人卡呼提阿。这是天人卡呼提阿,是派克阿。"老母鲸当然知道派克阿是天人的另一个名字。

老母鲸在丈夫身边慢慢浮游。"也许是吧,也许是吧。"她的女高音聪明地发出了天真的颤音。

其他母鲸对她敬而远之。她太勇敢了,居然对首领说:"也许是吧。"

老母鲸看到鲸鱼武士们已准备在她背后推搡。她快速游向老公鲸,用前鳍故意不小心地触摸老公鲸最具快乐的部位。她说:"我可以看到骑手,那可不是您想象的骑手。"她把头摇了两下,强调骑手不是派克阿,而是一个小姑娘,一个人。她小心问道:"也许她是您主人的后代吧。"她带着装饰音劝他道:"回忆一下过去的事吧,我的丈夫。"

其他母鲸们都互相点头表示赞同。老母鲸真聪明，相比下来，她们实在太平凡了。如此劝说可使首领产生同样的想法。她真不愧为女王，其他母鲸只知道如何伺候巨鲸。

老公鲸让鲸鱼武士走开，他讨厌他们的军队规矩。

"回忆一下过去？"他不断对自己说。透过时间的浓雾，他看见了金色主人派克阿，朝着天空投掷小矛。有的在天空中变成小鸟，有的进入海水时变成鳗鱼。派克阿自己也像一只矛，在大地和海中繁殖，使它们不再荒芜。

老鲸开始衡量骑鲸人的体重，很轻，这不是一个问题，但她的腿比金色主人要短得多，而且……

"对了！"老母鲸低声吟道，希望丈夫有同样的结论。又说，"她是那最后一支小矛，将来会开花结果。"老母鲸引导着老公鲸，因为她明白男人理解事物总要比女人花更多时间。她想让老公鲸明白眼前的骑鲸人是派克阿的子孙。假如不把这个后裔带回大地，那么他们的任务不会完成，无法如愿以偿。她的声音中带着永恒的旋律："这是派克阿的后裔，我们必须把她带回大地。"

老公鲸在翻腾的丝绸般的波浪中摇摆。尽管他很疲劳，但仍然能够感到老伴的话是对的。因为，他记得派克阿扔出最后一支小矛时犹豫了，并说："将来再种植这支小矛吧。让它在人们受苦和最需要它的时候开花结果吧。"那时小矛飞向天空，然后掉回大地，在土壤中休憩。以后，一个女孩子的脐带和胞衣将被埋在那块土壤里。

他回忆得越多，怀旧心情越淡漠。他开始为现状和未来担忧了。他之所以能够活如此漫长的鲸鱼岁月，一定有其理由。回到泛歌拉后，黄金主人的后裔骑上他，也决不是偶然。也许他的命运和骑鲸人的命运是相联的，无法分割的。对了，世上没有偶然的事物。

鲸鱼大队等待老公鲸的决断，各自发表意见。母鲸们说，她们早知道老母鲸是对的。鲸鱼武士们也看准了大势所趋，表示赞同。

老公鲸作出了快速游泳的姿态，命令道："我们必须回到海面去。"他马上准备上升了。"我们必须把这个新骑手带回泛歌拉，大家同意吗？"

鲸鱼大队一起唱起了赞同之歌，合声中含有慈祥和温柔的音调。

"同意……同意……同意……太好了……太好了……太好了……"

鲸鱼大队逐渐游向水面，他们的交响乐向宇宙发出了誓言。

"聚集一方……聚集一方……如愿以偿……"

20

卡呼离开后，奶奶跌坐在地上，然后被送进了医院。五天后，她睁开双眼，看到老人坐在床边，我和伙伴们也在场。

奶奶甩一甩头，让自己清醒些。护士和老人扶她坐起。坐稳后，她闭上了双眼，然后又睁开，向周围瞄了一眼，叹息道："看到你们这帮人都在这里，可见我还没有升天。"

我们可不在乎她的讽刺，早习惯了。老人充满爱情地望着她。

"我的小花，你得减减肥。你心脏很弱。假如你们俩都不在了，我可怎么活得下去。"

奶奶突然记起来了："卡呼怎么了？"

老人用手势让她镇静下来，说："不要激动，不要激动。卡呼没问题，没问题的。"他把事情的前后告诉了奶奶。

神圣鲸鱼和大队离开后，大家以为卡呼已经死了。但是，三天后，人们在海中找到了她。她那时已经无意识，漂浮在发出暗光的海藻上。没人知道她是怎么来的。只见一群海豚看护着她。它们在空中快活地跳跃，翻筋斗。

卡呼被送进医院急救。她呼吸时有时无，现在不用氧气罩了，但还没有脱离危险。医生也不知道她何时会恢复意识。

奶奶叫道："她在哪里？我的卡呼在哪里？"

老人说："她和你在一起，她也在这个医院。我和部族的人都在照看你们俩，等你们回到我们的身边。你们俩是一对伙伴，就像在蔬菜园里。"

老人指着另一张床，我们让开一条道，可让奶奶看见卡呼。小姑娘梳着小辫子，脸色发白，安静地躺着。

奶奶热泪滚滚地说："把我的床推到她旁边去。我离她太远了。我要摸她的手，同她说话。"

我和伙伴们都装着很费劲，气喘吁吁地把她的床搬了过去。

奶奶说："好了，你们这些爱管闲事的人都等在外面吧。让我和老头子、卡呼三人单独在一起。"

她看上去像一个小娃娃，眼睛闭着，睫毛显得很长，垂在苍白的脸上。白色蝴蝶结系住她的头发，脸颊无血色，好像根本没有呼吸。

　　被子盖到下巴处,她双手伸在被子外,穿着暖和的绒布睡衣,纽扣一直扣到脖子。

　　几分钟过去了,老人和奶奶互相看着,他们的心揪得发痛。

　　老人说:"亲爱的,我责怪自己,这都是我的过错。"

　　"当然是你的不对。"奶奶哭了。

　　"她小时候咬我的脚趾时,我就应该明白她是未来的族长。"

　　"那时候她有牙齿就好了。"奶奶点着头。

　　"这些年来,我不让她进会堂。我怎么那么迟钝。"

　　"你耳不听,眼不见,又蠢又顽固。"

　　对着房门的窗户半掩着,太阳照在拂动的窗帘上。奶奶看见门被缓缓推开,好管闲事的人在往里面偷看。他们没有隐私可谈,说的话谁都能听见,两人红着眼睛,不断流泪。

　　奶奶抽泣着说:"你没有帮我埋卡呼的脐带。"

　　"你是对的,亲爱的。我太糟糕了。"

　　"你总是说卡呼没有用,她是个女孩子。你对她太粗声粗气了。"

　　老人说:"你拿出那小石雕前,我可不知道她是怎样的女孩子。"

　　"我真应该先把你僵化的脑袋打开一个口,你这个老家伙。"

白色墙壁上,带着花纹的影子互相追逐着。窗户边的花瓶里,一大把鲜花娇艳盛开。

老人从椅子里站起来,表明知道自己是如何顽固不化,陈腐不堪。他对奶奶说:"你应该和我离婚,和山坡上的瓦阿利结婚。"

"对,我应该那么做。他知道怎样对待妇女。他可不会像你那样瞧不起我们母丽外的血统。"

"你是对的,亲爱的,你都是对的。"

"我总是对的,你这个老家伙。而且……"

突然间,卡呼长叹了一口气,她的眉毛皱了一下,仿佛是在考虑什么。

她吸了一口气,说:"你们俩老是在争论。"

鲸鱼们从水面跳出,皮肤发亮透明,身影上镀有月光。他们不断向上升起。

"骑鲸人还活着吗?"老公鲸问道。他祝愿她一切都好,依然呼吸空气。

老母鲸点了点头。她一直对骑鲸人唱着歌,让她不要害怕。

老公鲸满意地说:"那太好了。让所有的人都活下去吧。

让大地和海洋之间的伙伴关系一直保持下去,让鲸鱼和全人类的和睦关系延续下去。"

鲸鱼们唱着歌,为部族的人们能够继续生存而高兴,他们知道这小姑娘需要特殊的教育,从而为部族在世界上争得应有的地位。

鲸鱼们冲出海面,他们雷霆般的喷水像月光中的银色喷泉。

21

奶奶痛苦地呜咽着,伸手抱紧卡呼。老人踉跄地走到卡呼的床边,低头看着她。他开始祈祷了,请求神灵们原谅他。卡呼移动了一下身体。

哦,我的曾孙女。从长久的睡眠中醒来吧,回到部族之中来吧,占有应属于你的地位吧。

卡呼又呼了一口气。睁开双眼,问道:"是该起床的时候了?"

奶奶开始哭诉。老人的心也激动得乱跳,他说:"对,这是你回来的时候了。"

卡呼严肃地说:"他们要我等到你们俩都到齐了以后再醒过来。"

老人问:"你是在说谁啊?"

卡呼说:"当然是鲸鱼喽。"然后又微笑着说:"你们俩就像老母鲸和老公鲸那样,老是争吵。"

奶奶看着老人说:"我们不争吵。他争我赢。"

老人说:"你母丽外的血统实在让我为难。"

卡呼咯咯地笑了,眼里溢出了泪水。轻声说:"我掉下来了。"

"什么?"

"我从鲸鱼背上掉下来了。假如我是一个男孩子,会抓得更紧的。对不起,老家伙,我不是男孩子。"

老人抱住卡呼,轻轻地摇着,一半是激动,一半是不希望外面的人听到族长在哭泣。

他说:"你是世界上最好的曾孙。是男,还是女,都无关紧要。"

"真的,老家伙?"卡呼几乎透不过气来,紧紧抱住老人,将脸靠在他的脸上,"哦,谢谢,老家伙,您可是世界上最好的老人。"

"我爱你。"老人说。

"我也爱你。"奶奶添加道。

"别把我们给忘了。"门外的人们都涌进了房间。

在欢跃中,卡呼突然将指头放在嘴唇上:"嘘——"

老鲸冲破海面,高高跳向被月光照亮的天空。他头上的神圣刻印像银色液体一般地闪烁。公鲸放松了他的肌肉，把卡呼放下。她感到自己从他的背上往下滑，一直滑下来。周围的鲸鱼们在跳跃，空中满是宝石光。

卡呼问周围的人们：“你们能够听见他们的歌声吗？”

她掉入海中。鲸鱼离开时的声音震动了她的耳膜。她张开眼睛往下看，在起泡沫的海水中，望见巨大的鲸尾在向她告别。

在时间的回声中，传来了老母鲸的声音：“孩子，你部族的人在等着你呢。回到人类之神拓那的王国去吧，完成你的使命。”大海上回荡着鲸鱼潜泳时的华美音乐。

卡呼看着老人，两眼发光。

“老人，您听不见吗？我已经听了好久了。哦，老人，鲸鱼还在唱歌呢。”

“聚集一方……聚集一方……如愿以偿。”

译者后记

中篇小说《骑鲸人》把新西兰的现代生活和毛利族的古老神话交融在一起,具有人性的真实和传奇的虚幻,使读者为之惊叹和感动。

大约 8 千万年以前,南半球的贡得瓦那大陆开始逐渐移动和分裂,在南太平洋上形成了无数岛屿。原位于澳洲大陆东部的地块也从大陆中分离,漂流到 2000 公里远的地方,形成了今日新西兰的北岛、南岛、斯图尔特岛及数百个小岛。

大约 750 年前,波利尼西亚群岛(在赤道附近的中太平洋)的人们因生活或战争所迫,不得不使用独木舟,长途航行驰向西南方,探寻新天地。经过重重困难后,他们发现了巨大的土地,从远处看来像一条长而白的云朵(毛利语为"Aotearoa"),即今日的新西兰。在这里定居下的波利尼西亚人称自己为"毛利人"(Maori,意为"当地人")。

波利尼西亚人用丰富的神话传说来解释天地的开创及各种自然现象。毛利人便在这些神话传说的基础上,添加上寻找新陆地的漫长航程及在新世界的生活经验。他们虽然没有书写的文字,但有着源源不断的口诵传统,"记载"着各个部落的历史和祖先的姓名,虚实相交。

1642 年,荷兰东印度公司派遣探险队,第一次到达这个岛国,并将之命名"新西兰"。自 18 世纪下半叶,大量欧洲人移居此地,进行开垦、贸易和统治。他们同时带来了欧洲的文明及传染病。因长期孤岛生活而失去抵抗异乡传染病能力的毛利人患病而死,再加上对内和对外的大小战争,人口曾为 20 多万的毛利人,在 1769 年后的 120 多年间,减至 4.2 万人。至 20 世纪中叶,大多数毛利人聚集在城镇中生活,受到现代西方文明的影响。他们的生活方式和文化被迅速取代,也逐渐失去了母语。

20 世纪 70 年代中,毛利人对欧洲移民曾廉价买走大部分土地而抱有的不满与日俱增,对毛利的语言和文化所面临的危机越加忧患,从而产生了要求赔偿失去的土地和保护毛利文化的民族主义运动。同时,毛利人用文学艺术形式来表达毛利文化的"毛利文艺复兴"也出现了。

《骑鲸人》的作者威提·依希马埃拉于 1944 年出生在新

西兰北岛的东部海边城市吉斯本，是毛利族的后代，也是毛利人中第一个发表小说的作家。他是"毛利文艺复兴"中的主要代表。他于1972年发表了小说集《绿岩·绿岩》，这是历史上毛利人写作的第一部短篇小说集。1973年出版第一部长篇小说《悲哀》，翌年出版了第二部长篇小说《诞生》。他的第二部小说集《新网捕鱼》于1977年出版。此后，又发表了一系列以毛利文化为轴心，内容相呼应的作品《女族长》(1986)、《骑鲸人》(1987)、《亲爱的曼斯菲尔德女士》(1989)、《步里巴夏》(1994)、《西班牙花院的夜晚》(1995)等。

《骑鲸人》是作者在美国做外交官时创作的中篇小说，是以毛利神话传说为背景，以虚构人物——毛利族女孩在偏见的逆流中顽强成长的过程为中心，描绘出一幅既催人泪下，又让人破颜欢笑的诗史般的画卷。神话和历史、梦幻和现实、科学和信仰，纵横交叉，使读者忘记虚构和真实之中的界限，起到了重新认识时间和空间概念的目的。

作者本人的生活经历成了这部作品的创作动机。他在美国曾看见鲸鱼浅滩"自杀"，很震惊，感到鲸鱼仿佛想向人们述说什么。他的两个女儿到美国度假时，小女儿问他道："为什么故事中的女孩子们都是那么软弱，要男孩子去保护她们？"另外，作者的父亲同此书中的"老家伙"一样，抱怨他只生两个女孩,没有男孩子传宗接代,无法把部族传统继承下去。

作者既珍惜毛利的固有文化,又讽刺了其部族歧视女性的传统思想。严格地说,这部小说基于毛利文化,超越了毛利文化的局限性,触及了人类的通病——对女性的压制、对自然界的榨取和破坏、对少数民族的偏见。同时,作者用宽广无际的想象力和天衣无缝的塑造力,把这部小说创作为富有魅力的艺术作品,其中描述的海中的美丽景色和人物的善良性格具有永恒的价值。

此小说是用英语和毛利语交错写成,初次出版后,作者对其内容进行了多次修改。此小说已相继被翻译成多种文字——德语、法语、意大利语、荷兰语、日语、俄语等,在各国受到欢迎。美国的少年读者特别为之心醉,将之评为仅次于"哈里·波特"系列的小说。

此小说于2002年被改编为同名电影,在世界各国上映,获得多种电影奖和观众的喝彩及眼泪。我也是在泪水未干时,冲进书店买下小说,一口气阅读完的。然后立刻同作者取得联系,要求将其小说翻译成中文。作者马上答应,并同意为中文版写序言。本书的中文翻译是我同时根据新西兰版(英语和毛利语相交)和国际版(英语为主,毛利语大减)进行的。

作者现在在奥克兰大学教授"英语文学"及"文学创作"。我于2003年9月春暖花开的时节,在他大学的办公室里和他见面,向他请教小说中一些细节的历史背景。闲聊之余,他拿出了已长大成人的两个女儿的几张照片,其中夹有一张小女儿十多岁时拍的褪了色的照片。他说,这就是那个不明白小说中的女孩子们为什么都弱小的女儿。我仔细瞅着那照片,发现她那虎愣愣的模样上带有一种对人世中的"常识"提出一百个为什么的神情。多亏这小女儿的发问,这部小说才会诞生。

我感谢上海人民出版社为此小说出版中文译本,使中国读者有机会欣赏到这个开放在远离中国的南半球的岛国上的文学奇花,这朵花是世界文坛上的重要成就之一。其语言的使用、想象力的驱使、情节的安排、人物性格的刻画、价值观的流露、自然观和宗教观的表达等都有着作者独特的个性和魅力,并且是男女老少都可鉴赏的雅俗相融的杰出作品。

郭南燕

作者

威提·依希马埃拉

1944 年出生于新西兰北岛的吉斯本市,第一个毛利族作家。他的文学创作主要包括描述毛利族的生活和历史的短篇小说集及长篇小说,著名的作品有《绿岩·绿岩》、《骑鲸人》、《女族长》等。《骑鲸人》已被翻译为主要欧洲语言及日语,同名电影在 2003 年获得世界声誉。他现任教于奥克兰大学,为文学教授。

译者

郭南燕

任教于新西兰奥塔古大学,为语言文学副教授。从事亚太地区(日本、中国、新西兰)的语言文学和环境文化的教学和研究,已出版多种研究书籍,译著《虚幻的乐园:战后日本综合研究》由上海人民出版社于 1999 年出版。

图书在版编目（CIP）数据

骑鲸人/

〔新西兰〕依希马埃拉（Ihimaera，W.）著；郭南燕译.

上海：上海人民出版社，2006

书名原文：The Whale Rider

ISBN 7－208－06261－7

Ⅰ. 骑... Ⅱ. ①依...②郭... Ⅲ. 中篇小说—
新西兰—现代 Ⅳ. I612.45

中国版本图书馆 CIP 数据核字（2006）第 045771 号

责任编辑　吴书勇
装帧设计　奇文云海

骑　鲸　人

〔新西兰〕威提·依希马埃拉　著

郭南燕　译

世纪出版集团　上海人民出版社出版
（200001　上海福建中路 193 号　www.ewen.cc）
世纪出版集团发行中心发行
上海天马印刷厂印刷
开本 890×1240　1/32　印张 5　插页 2　字数 83,000
2006 年 6 月第 1 版　2006 年 6 月第 1 次印刷
印数 1－6,000

ISBN 7-208-06261-7/I·301
定价：15.00 元